青春插画版四大古典名剧

牡丹亭

[明] 汤显祖 著

长江出版传媒
崇文書局

图书在版编目（CIP）数据

牡丹亭 /（明）汤显祖著. -- 武汉 : 崇文书局，
2019.6（2023.1 重印）
（青春插画版四大古典名剧）
ISBN 978-7-5403-5450-3

Ⅰ. ①牡… Ⅱ. ①汤… Ⅲ. ①传奇剧（戏曲）—剧本—
中国—明代 Ⅳ. ① I237.2

中国版本图书馆 CIP 数据核字（2019）第 088624 号

牡丹亭

责任编辑 程 欣
责任校对 董 颖
封面设计 王 伟 刘端洋
责任印刷 田伟根
出版发行 长江出版传媒 崇文书局
地 址 武汉市雄楚大街 268 号 C 座 11 层
电 话 (027)87677133 邮政编码 430070
印 刷 湖北画中画印刷有限公司
开 本 880mm×1120mm 1/32
印 张 7 插 页 8
字 数 130 千
版 次 2019 年 6 月第 1 版
印 次 2023 年 1 月第 2 次印刷
定 价 42.80 元

导读

《牡丹亭》的问世，距今已有四百余年。四百年间，留下不少励志佳话，亦留下很多令人唏嘘的传奇：演它的杭州商小玲因入戏太深，气绝台上；读它的娄江俞二娘因戏自悼，悲愤而亡；才女冯小青更留下“冷雨幽窗不可听，挑灯闲看《牡丹亭》。人间亦有痴于我，岂独伤心是小青”的绝命诗；便是曹雪芹笔下的林妹妹，也因它泪侵香腮，难以自持。到如今，沧海桑田，不知有多少剧目在戏台的零落中黯然，但只有它，永如那一抹春阳下的艳红，只要一唱起“如花美眷，似水流年”“良辰美景奈何天，赏心乐事谁家院”，即便戏台陈设单调素朴，也总能“引逗”无数早已习惯荧幕特效的现代观众。《牡丹亭》，究竟有怎样的魔力，竟能在红尘青史中激荡起这许多爱恨悲喜的涟漪？

今人看戏，首重剧情。《牡丹亭》的剧情可谓“奇幻”：幽闭深闺的杜丽娘因初游自家花园而做春梦，又因执恋梦境而亡故，死后芳魂不散，苦寻梦中男子，终因找到柳梦梅而复生，与其终成眷属。作者汤显祖在《题词》中提炼出

“梦”“病”“画”“死”“生”五个环节，而“梦”无疑是全剧枢纽。世间谁人不做梦？但有几人会视梦为真？更有几人能以不惜生死的魄力化一朝春梦为现实人生？若说梦能致死、死能复生是《牡丹亭》之“幻”，那么，杜丽娘对“梦”的痴与超越常人的意志，则更是《牡丹亭》令人景仰的“奇”。

但最动人心魄的，恐还不在剧情层面。古典戏曲最大的好处，便是能通过唱词，将人物处在特定境域中酸甜苦辣的心境淋漓呈现，让观众和读者在品“心”中获得美的感悟。当杜丽娘在春日闺房中唱出“袅晴丝吹来闲庭院，摇漾春如线”，我们的心不仅随那颗少女心而萌动，更因所谓“晴丝”而遐想万端：那可是晴朗春日中的烟气？还是春风中飞舞的游丝？亦或少女内心深藏的“情思”？似是而非，似非而是，一切都在镜花水月间摇曳生姿，美的光晕就这样在我们心中荡漾开来……当杜丽娘蓦然踏入花园，从那句“原来姹紫嫣红开遍，似这般都付与断井颓垣”的强烈惊叹中，我们终于深切感受到她平素心灵承受的巨大压抑（被幽闭得甚至从不知家中有花园），更可理解活在一个漠视美的境域中，生命是一种怎样的难堪！所幸那压抑的天下间，始终还有永恒的自然之春，无论社会境遇如何束缚人心，自然之春依旧倔强呈现着生命该有的蓬勃鲜盛。因此，入园于杜丽娘而言，绝非简单游玩，而是生命本真的开启。正是基于这种开启，才会诞生那改变她人生轨迹的“梦”！而当她在梦醒后再入花园，期待在现实中重现梦境时，却悲哀地发现春梦如逝水，于是那句“花花草草由人恋，生生死死随人愿，便酸酸楚楚无人怨”道出的，便不仅是那个时代境遇中心灵的巨痛，更让我们看到这闺阁弱女竟有易水荆轲般的意志，就在此刻，已注定了她将不惜生死去追寻生命本真的人生——难怪那出

《惊梦》，会成为高踞戏坛的千古绝唱！难怪那出《寻梦》，竟会带走“同是天涯沦落人”的演员的生命！

“情不知所起，一往而深。生者可以死，死可以生。”当四百年前的汤显祖在那“百般计量,没个为欢处”的际遇中探寻出这般生命奥秘时，《牡丹亭》便再也不是那缠绵风流的才子佳人戏。生命之途固多荆棘，但闺阁弱质尚能高擎生命火炬，奋起追梦，健若我辈，又怎能不活出点人的神采！也许，这就是剧作百载之下尚能令人心醉神摇的法门吧……

韦　乐

凡例

南曲：宋元时期南方戏曲、散曲所用各种曲调的统称，大多渊源于唐宋大曲。宋词和南方民间曲调。《牡丹亭》多用南曲。

北曲：宋元时期北方戏曲、散曲所用各种曲调的统称，大多渊源于唐宋大曲。宋词和北方民间曲调，并吸收了辽金少数民族“壮伟狠戾”的“杀伐之音”（徐渭《南词叙录》），例如【北二犯江儿水】。

曲牌：传统填词制谱用的曲调调名，例如【蝶恋花】【浣溪沙】等。

曲文：唱词。

前腔：继续使用前一个曲牌。

宾白：剧中人物的说白。

科介：文中的【泪介】、【生叹介】、【旦望介】等，是表示演员动作、表情的用语。

以“惊梦”选段为例

曲牌——【皂罗袍】

曲文　旦　原来姹紫嫣红开遍，似这般都付与断井颓垣。

良辰美景奈何天，赏心乐事谁家院！

宾白——恁般景致，我老爷和奶奶再不提起。

合　朝飞暮卷，云霞翠轩；

雨丝风片，烟波画船。

锦屏人忒看的这韶光贱！

［贴］是花都放了，那牡丹还早。

以“训女”选段为例

前腔——【前腔】

外　吾家杜甫，为漂零老愧妻孥。

科介　［泪介］夫人，我比子美公公更可怜也。

他还有念老夫诗句男儿，

俺则有学母氏画眉娇女。

目录

作者题词

天下女子有情，宁有如杜丽娘者乎！梦其人即病，病即弥连，至手画形容，传于世而后死。死三年矣，复能溟莫中求得其所梦者而生。如丽娘者，乃可谓之有情人耳。情不知所起，一往而深。生者可以死，死可以生。生而不可与死，死而不可复生者，皆非情之至也。梦中之情，何必非真？天下岂少梦中之人耶！必因荐枕而成亲，待挂冠而为密者，皆形骸之论也。传杜太守事者，仿佛晋武都守李仲文、广州守冯孝将儿女事。予稍为更而演之。至于杜守收拷柳生，亦如汉睢阳王收拷谈生也。嗟夫！人世之事，非人世所可尽。自非通人，恒以理相格耳！第云理之所必无，安知情之所必有邪！

万历戊戌秋清远道人题

第一出　标目

【蝶恋花】〔末上〕忙处抛人闲处住。百计思量，没个为欢处。白日消磨肠断句，世间只有情难诉。玉茗堂前朝复暮，红烛迎人，俊得江山助。但是相思莫相负，牡丹亭上三生路。

〔汉宫春〕杜宝黄堂，生丽娘小姐，爱踏春阳。感梦书生折柳，竟为情伤。写真留记，葬梅花道院凄凉。三年上，有梦梅柳子，于此赴高唐。果尔回生定配，赴临安取试，寇起淮扬。正把杜公围困，小姐惊惶。教柳郎行探，反遭疑激恼平章。风流况，施行正苦，报中状元郎。

杜丽娘梦写丹青记。
陈教授说下梨花枪。
柳秀才偷载回生女。
杜平章刁打状元郎。

第二出 言怀

【真珠帘】〔生上〕**河东旧族、柳氏名门最。论星宿，连张带鬼。几叶到寒儒，受雨打风吹。漫说书中能富贵，颜如玉，和黄金那里？贫薄把人灰，且养就这浩然之气。**

〔鹧鸪天〕“刮尽鲸鳌背上霜，寒儒偏喜住炎方。凭依造化三分福，绍接诗书一脉香。能凿壁，会悬梁，偷天妙手绣文章。必须砍得蟾宫桂，始信人间玉斧长。”小生姓柳，名梦梅，表字春卿。原系唐朝柳州司马柳宗元之后，留家岭南。父亲朝散之职，母亲县君之封。〔叹介〕所恨俺自小孤单，生事微渺。喜的是今日成人长大，二十过头，志慧聪明，三场得手。只恨未遭时势，不免饥寒。赖有始祖柳州公，带下郭橐驼，柳州衙舍，栽接花果。橐驼遗下一个驼孙，也跟随俺广州种树，相依过活。虽然如此，不是男儿结果之场。每日情思昏昏，忽然半月之前，做下一梦。梦到一园，梅花树下，立着个美人，不长不短，如送如迎。说道：“柳生，柳生，遇俺方有姻缘之分，发迹之期。”因此改名梦梅，春卿为字。正是：“梦短梦长俱是梦，年来年去是何年！”

【九回肠】〔解三酲〕虽则俺改名换字，俏魂儿未卜先知？定佳期盼煞蟾宫桂，柳梦梅不卖查梨。还则怕嫦娥妒色花颓气，等的俺梅子酸心柳皱眉，浑如醉。〔三学士〕无萤凿遍了邻家壁，甚东墙不许人窥！有一日春光暗度黄金柳，雪意冲开了白玉梅。〔急三枪〕那时节走马在、章台内，丝儿翠、笼定个、百花魁。

虽然这般说，有个朋友韩子才，是韩昌黎之后，寄居赵佗王台。他虽是香火秀才，却有些谈吐，不免随喜一会。

门前梅柳烂春晖，张窈窕
梦见君王觉后疑。王昌龄
心似百花开未得，曹　松
托身须上万年枝。韩　偓

第三出　训女

【满庭芳】〔外扮杜太守上〕**西蜀名儒，南安太守，几番廊庙江湖。紫袍金带，功业未全无。华发不堪回首。意抽簪万里桥西，还只怕君恩未许，五马欲踟蹰。**

“一生名宦守南安，莫作寻常太守看。到来只饮官中水，归去惟看屋外山。”自家南安太守杜宝，表字子充，乃唐朝杜子美之后。流落巴蜀，年过五旬。想廿岁登科，三年出守，清名惠政，播在人间。内有夫人甄氏，乃魏朝甄皇后嫡派。此家峨眉山，见世出贤德夫人。单生小女，才貌端妍，唤名丽娘，未议婚配。看起自来淑女，无不知书。今日政有余闲，不免请出夫人，商议此事。正是：“中郎学富单传女，伯道官贫更少儿。”

【绕池游】〔老旦上〕**甄妃洛浦，嫡派来西蜀，封大郡南安杜母。**

〔见介〕〔外〕“老拜名邦无甚德，〔老旦〕妾沾封诰有何功！〔外〕春来闺阁闲多少？〔老旦〕也长向花阴课女工。”〔外〕女工一事，想女儿精巧过人。看来古今贤淑，多晓诗书。他日嫁一书生，不枉了谈吐相称。你意下如何？〔老旦〕但凭尊意。

袅晴丝吹来闲庭院，

摇漾春如线。

停半晌、整花钿。

没揣菱花，偷人半面，

迤逗的彩云偏。

步香闺怎便把全身现！

【前腔】〔贴持酒台，随旦上〕娇莺欲语，眼见春如许。寸草心，怎报的春光一二！

〔见介〕爹娘万福。〔外〕孩儿，后面捧着酒肴，是何主意？〔旦跪介〕今日春光明媚，爹娘宽坐后堂，女孩儿敢进三爵之觞，少效千春之祝。〔外笑介〕生受你。

【玉山颓】〔旦进酒介〕爹娘万福，女孩儿无限欢娱。坐黄堂百岁春光，进美酒一家天禄。祝萱花椿树，虽则是子生迟暮，守得见这蟠桃熟。〔合〕且提壶，花间竹下长引着凤凰雏。〔外〕春香，酌小姐一杯。

【前腔】吾家杜甫，为飘零老愧妻孥。〔泪介〕夫人，我比子美公公更可怜也。他还有念老夫诗句男儿，俺则有学母氏画眉娇女。〔老旦〕相公休焦，倘然招得好女婿，与儿子一般。〔外笑介〕可一般呢！〔老旦〕"做门楣"古语，为甚的这叨叨絮絮，才到中年路。〔合前〕

〔外〕女孩儿，把台盏收去。〔旦下介〕〔外〕叫春香。俺问你小姐终日绣房，有何生活？〔贴〕绣房中则是绣。〔外〕绣的许多？〔贴〕绣了打绵。〔外〕甚么绵？〔贴〕睡眠。〔外〕好哩，好哩。夫人，你才说"长向花阴课女工"，却纵容女孩儿闲眠，是何家教？叫女孩儿。〔旦上〕爹爹有何分付？〔外〕适问春香，你白日眠睡，是何道理？假如刺绣余闲，有架上图书，可以寓目。他日到人家，知书知礼，父母光辉。这都是你娘亲失教也。

【玉抱肚】宦囊清苦，也不曾诗书误儒。你好些时做客为儿，有一日把家当户。是为爹的疏散不儿拘，道的个为娘是女模。

【前腔】〔老旦〕眼前儿女，俺为娘心苏体劬。娇养他掌上明珠，出落的人中美玉。

儿啊，爹三分说话你自心模，难道八字梳头做目呼。

【前腔】〔旦〕黄堂父母，倚娇痴惯习如愚。刚打的秋千画图，闲榻着鸳鸯绣谱。从今后茶余饭饱破工夫，玉镜台前插架书。

〔老旦〕虽然如此，要个女先生讲解才好。〔外〕不能够。

【前腔】后堂公所，请先生则是黉门腐儒。〔老旦〕女儿呵，怎念遍的孔子诗书，但略识周公礼数。〔合〕不枉了银娘玉姐只做个纺砖儿，谢女班姬女校书。〔外〕请先生不难，则要好生管待。

【尾声】说与你夫人爱女休禽犊，馆明师茶饭须清楚。你看俺治国齐家、也则是数卷书。

往年何事乞西宾？柳宗元
主领春风只在君。王　建
伯道暮年无嗣子，苗　发
女中谁是卫夫人？刘禹锡

第四出 腐叹

【双劝酒】〔末扮老儒上〕**灯窗苦吟，寒酸撒吞。科场苦禁，蹉跎直恁！可怜辜负看书心。吼儿病年来进侵。**

“咳嗽病多疏酒盏，村童俸薄减厨烟。争知天上无人住，吊下春愁鹤发仙。”自家南安府儒学生员陈最良，表字伯粹。祖父行医。小子自幼习儒。十二岁进学，超增补廪。观场一十五次。不幸前任宗师，考居劣等停廪。兼且两年失馆，衣食单薄。这些后生都顺口叫我“陈绝粮”。因我医、卜、地理，所事皆知，又改我表字伯粹做“百杂碎”。明年是第六个旬头，也不想甚的了。有个祖父药店，依然开张在此。“儒变医，菜变齑”，这都不在话下。昨日听见本府杜太守，有个小姐，要请先生。好些奔竞的钻去。他可为甚的？乡邦好说话，一也；通关节，二也；撞太岁，三也；穿他门子管家，改窜文卷，四也；别处吹嘘进身，五也；下头官儿怕他，六也；家里骗人，七也。为此七事，没了头要去。他们都不知官衙可是好踏的！况且女学生一发难教，轻不得，重不得。倘然间体面有些不臻，啼不得，笑不得。

似我老人家罢了。“正是有书遮老眼，不妨无药散闲愁。”〔丑扮府学门子上〕“天下秀才穷到底，学中门子老成精。”〔见介〕陈斋长报喜。〔末〕何喜？〔丑〕杜太爷要请个先生教小姐，掌教老爷开了十数名去都不中，说要老成的。我去掌教老爷处禀上了你，太爷有请帖在此。〔末〕“人之患在好为人师”。〔丑〕人之饭，有得你吃哩。〔末〕这等便行。〔行介〕

【洞仙歌】〔末〕咱头巾破了修，靴头绽了兜。〔丑〕你坐老斋头，衫襟没了后头。〔合〕砚水漱净口，去承官饭溲，剔牙杖敢黄齑臭。

【前腔】〔丑〕咱门儿寻事头，你斋长干罢休？〔末〕要我谢酬，知那里留不留？〔合〕不论端阳九，但逢出府游，则捻着衫儿袖。

〔丑〕望见府门了。

〔丑〕世间荣乐本逡巡，李商隐
〔末〕谁睬髭须白似银？曹　唐
〔丑〕风流太守容闲坐，朱庆馀
〔合〕便有无边求福人。韩　愈

第五出　延师

【浣沙溪】〔外引贴扮门子；丑扮皂隶上〕山色好，讼庭稀。朝看飞鸟暮飞回。印床花落帘垂地。

“杜母高风不要攀，甘棠游憩在南安。虽然为政多阴德，尚少阶前玉树兰。”我杜宝出守此间，只有夫人一女。寻个老儒教训他。昨日府学开送一名廪生陈最良。年可六旬，从来饱学。一来可以教授小女，二来可以陪伴老夫。今日放了衙参，分付安排礼酒，叫门子伺候。〔众应介〕

【前腔】〔末儒巾蓝衫上〕须抖擞，要拳奇。衣冠欠整老而衰。养浩然分庭还抗礼。

〔丑禀介〕陈斋长到门。〔外〕就请衙内相见。〔丑唱门介〕南安府学生员进。〔下〕〔末跪，起揖，又跪介〕生员陈最良禀拜。〔拜介〕〔末〕“讲学开书院，〔外〕崇儒引席珍。〔末〕献酬樽俎列，〔外〕宾主位班陈。”叫左右，陈斋长在此清叙，着门役散回，家丁伺候。〔众应下〕〔净扮家童上〕〔外〕久闻先生饱学。敢问尊年有几，祖上可也习儒？〔末〕容禀。

【锁南枝】将耳顺，望古稀，儒冠误人霜鬓丝。〔外〕近来？〔末〕君子要知医，悬壶旧家世。〔外〕原来世医。还有他长？〔末〕凡杂作，可试为；但诸家，略通的。

〔外〕这等一发有用。

【前腔】闻名久，识面初，果然大邦生大儒。〔末〕不敢。〔外〕有女颇知书，先生长训诂。〔末〕当得。则怕做不得小姐之师。〔外〕那女学士，你做的班大姑。今日选良辰，叫他拜师傅。

〔外〕院子，敲云板，请小姐出来。

【前腔】〔旦引贴上〕添眉翠，摇佩珠，绣屏中生成士女图。莲步鲤庭趋，儒门旧家数。〔贴〕先生来了怎好？〔旦〕那少不得去。丫头，那贤达女，都是些古镜模。你便略知书，也做好奴仆。

〔净报介〕小姐到。〔见介〕〔外〕我儿过来。“玉不琢，不成器；人不学，不知道。”今日吉辰，来拜了先生。〔内鼓吹介〕〔旦拜〕学生自愧蒲柳之姿，敢烦桃李之教。〔末〕愚老恭承捧珠之爱，谬加琢玉之功。〔外〕春香丫头，向陈师父叩头。着他伴读。〔贴叩头介〕〔末〕敢问小姐所读何书？〔外〕男、女《四书》，他都成诵了。则看些经旨罢。《易经》以道阴阳，义理深奥；《书》以道政事，与妇女没相干；《春秋》、《礼记》，又是孤经；则《诗经》开首便是后妃之德，四个字儿顺口，且是学生家传，习《诗》罢。其余书史尽有，则可惜他是个女儿。

【前腔】我年将半，性喜书，牙签插架三万余。〔叹介〕我伯道恐无儿，中郎有谁付？先生，他要看的书尽看。有不臻的所在，打丫头。〔贴〕哎哟！〔外〕冠儿下，他做个女秘书。小梅香，要防护。

〔末〕谨领。〔外〕春香伴小姐进衙，我陪先生酒去。〔旦拜介〕“酒是先生馔，女为君子儒。”〔下〕〔外〕请先生后花园饮酒。

〔外〕门馆无私白日闲，薛　能
〔末〕百年粗粝腐儒餐。杜　甫
〔外〕左家弄玉惟娇女，柳宗元
〔合〕花里寻师到杏坛。钱　起

第六出　怅眺

【番卜算】〔丑扮韩秀才上〕家世大唐年，寄籍潮阳县。越王台上海连天，可是鹏程便？

“榕树梢头访古台，下看甲子海门开。越王歌舞今何在？时有鹧鸪飞去来。”自家韩子才。俺公公唐朝韩退之，为上了《破佛骨表》，贬落潮州。一出门蓝关雪阻，马不能前。先祖心里暗暗道，第一程采头罢了。正苦中间，忽然有个湘子侄儿，乃下八洞神仙，蓝缕相见。俺退之公公一发心里不快。呵融冻笔，题一首诗在蓝关草驿之上。末二句单指着湘子说道：“知汝远来应有意，好收吾骨瘴江边。”湘子袖了这诗，长笑一声，腾空而去。果然后来退之公公潮州瘴死，举目无亲。那湘子恰在云端看见，想起前诗，按下云头，收其骨殖。到得衙中，四顾无人，单单则有湘子原妻一个在衙。四目相视，把湘子一点凡心顿起。当时生下一支，留在水潮，传了宗祀。小生乃其嫡派苗裔也。因乱流来广城。官府念是先贤之后，表请敕封小生为昌黎祠香火秀才。寄居赵佗王台子之上。正是：“虽然乞相寒儒，却是仙风道风。”呀，早一位朋友上来。谁也？

【前腔】〔生上〕**经史腹便便，昼梦人还倦。欲寻高耸看云烟，海色光平面。**

〔相见介〕〔丑〕是柳春卿，甚风儿吹的老兄来？〔生〕偶尔孤游上此台。〔丑〕这台上风光尽可矣。〔生〕则无奈登临不快哉。〔丑〕小弟此间受用也。〔生〕小弟想起来，到是不读书的人受用。〔丑〕谁？〔生〕赵佗王便是。

【锁窗寒】**祖龙飞、鹿走中原，尉佗呵，他倚定着摩崖半壁天。称孤道寡，是他英雄本然。白占了江山，猛起些宫殿。似吾侪读尽万卷书，可有半块土么？那半部上山河不见。**〔合〕**由天，那攀今吊古也徒然，荒台古树寒烟。**

〔丑〕小弟看兄气象言谈，似有无聊之叹。先祖昌黎公有云："不患有司之不明，只患文章之不精；不患有司之不公，只患经书之不通。"老兄，还则怕工夫有不到处。〔生〕这话休提。比如我公公柳宗元，与你公公韩退之，他都是饱学才子，却也时运不济。你公公错题了《佛骨表》，贬职潮阳。我公公则为在朝阳殿与王叔文丞相下棋子，惊了圣驾，直贬做柳州司马。都是边海烟瘴地方。那时两公一路而来，旅舍之中，两个挑灯细论。你公公说道："宗元，宗元，我和你两人文章，三六九比势：我有《王泥水传》，你便有《梓人传》；我有《毛中书传》，你便有《郭驼子传》；我有《祭鳄鱼文》，你便有《捕蛇者说》。这也罢了。则我《进平淮西碑》，取奉取奉朝廷，你却又进个平淮西的雅。一篇一篇，你都放俺不过。恰如今贬窜烟方，也合着一处。岂非时乎，运乎，命乎！”韩兄，这长远的事休提了。假如俺和你论如常，难道便应这等寒落。因何俺公公造下一篇《乞巧文》，到俺二十八代元孙，再不曾乞得一些巧来？便是你公公立意做下《送穷文》，到老兄二十几辈了，还不曾送的个穷去？算来都则为时运二字所亏。〔丑〕是也。春卿兄。

【前腔】你费家资制买书田，怎知他卖向明时不值钱。虽然如此，你看赵佗王当时，也是个秀才陆贾，拜为奉使中大夫到此。赵佗王多少尊重他。他归朝燕，黄金累千。那时汉高皇厌见读书之人，但有个带儒巾的，都拿来溺尿。这陆贾秀才，端然带了四方巾，深衣大摆，去见汉高皇。那高皇望见，这又是个掉尿鳖子的来了。便迎着陆贾骂道："你老子用马上得天下，何用诗书？"那陆生有趣，不多应他，只回他一句："陛下马上取天下，能以马上治之乎？"汉高皇听了，哑然一笑，说道："便依你说。不管什么文字，念了与寡人听之。"陆大夫不慌不忙，袖里出一卷文字，恰是平日灯窗下纂集的《新语》一十三篇，高声奏上。那高皇才听了一篇，龙颜大喜。后来一篇一篇，都喝采称善。立封他做个关内侯。那一日好不气象！休道汉高皇，便是那两班文武，见者皆呼万岁。一言掷地，万岁喧天。〔生叹介〕则俺连篇累牍无人见。〔合前〕

〔丑〕再问春卿，在家何以为生？〔生〕寄食园公。〔丑〕依小弟说，不如干谒些须，可图前进。〔生〕你不知，今人少趣哩。〔丑〕老兄可知？有个钦差识宝中郎苗老先生，到是个知趣人。

今秋任满，例于香山嶴多宝寺中赛宝。那时一往何如？〔生〕领教。

应念愁中恨索居，段成式
青云器业俺全疏。李商隐
越王自指高台笑，皮日休
刘项原来不读书。章　碣

第七出　闺塾

〔末上〕"吟余改抹前春句，饭后寻思午晌茶。蚁上案头沿砚水，蜂穿窗眼咂瓶花。"我陈最良杜衙设帐，杜小姐家传《毛诗》。极承老夫人管待。今日早膳已过，我且把毛注潜玩一遍。〔念介〕"关关雎鸠，在河之洲。窈窕淑女，君子好逑。"好者好也，逑者求也。〔看介〕这早晚了，还不见女学生进馆。却也娇养的凶。待我敲三声云板。〔敲云板介〕春香，请小姐解书。

【绕池游】〔旦引贴捧书上〕素妆才罢，缓步书堂下。对净几明窗潇洒。〔贴〕《昔氏贤文》，把人禁杀，恁时节则好教鹦哥唤茶。

〔见介〕〔旦〕先生万福，〔贴〕先生少怪。〔末〕凡为女子，鸡初鸣，咸盥、漱、栉、笄，问安于父母。日出之后，各供其事。如今女学生以读书为事，须要早起。〔旦〕以后不敢了。〔贴〕知道了。今夜不睡，三更时分，请先生上书。〔末〕昨日上的《毛诗》，可温习？〔旦〕温习了。则待讲解。〔末〕你念来。〔旦念书介〕"关关雎鸠，在河之洲。窈窕淑女，君子好逑。"〔末〕听讲。"关关雎鸠"，雎鸠是个鸟，关关鸟声也。〔贴〕怎样声儿？〔末作鸠声〕〔贴学鸠声诨介〕〔末〕此鸟性喜幽静，在河之洲。〔贴〕是了。不是昨日是前日，不是今年是去年，俺衙内关着个斑鸠儿，被小姐放去，一去去在何知州家。〔末〕胡说，这是兴。〔贴〕兴个甚的那？〔末〕兴者起也。起那下头窈窕淑女，是幽闲女子，有那等君子好好的来求他。〔贴〕为甚好好的求他？〔末〕多嘴哩。〔旦〕师父，依注解书，学生自会。但把《诗经》大意，敷演一番。

【掉角儿】〔末〕论《六经》，《诗经》最葩，闺门内许多风雅：有指证，姜嫄产哇；不嫉妒，后妃贤达。更有那咏鸡鸣，伤燕羽，泣江皋，思汉广，洗净铅华。有风有化，宜室宜家。〔旦〕这经文偌多？〔末〕《诗》三百，一言以蔽之，没多些，只"无邪"两字，付与儿家。

书讲了。春香取文房四宝来模字。〔贴下取上〕纸、墨、笔、砚在此。〔末〕这什么墨？〔旦〕丫头错拿了，这是螺子黛，画眉的。〔末〕这什么笔？〔旦作笑介〕这便是画眉细笔。〔末〕俺从不曾见。拿去，拿去！这是什么纸？〔旦〕薛涛笺。〔末〕拿去，拿去。只拿那蔡伦造的来。这是什么砚？是一个是两个？〔旦〕鸳鸯砚。〔末〕许多眼？〔旦〕泪眼。〔末〕哭什么子？一发换了来。〔贴背介〕好个标老儿！待换去。〔下换上〕这可好？〔末看介〕着。〔旦〕学生自会临书。春香还劳把笔。〔末〕看你临。〔旦写字介〕〔末看惊介〕我从不曾见这样好字。这什么格？〔旦〕是卫夫人传下美女簪花之格。〔贴〕待俺写个奴婢学夫人。〔旦〕还早哩。〔贴〕先生，学生领出恭牌。〔下〕〔旦〕敢问师母尊年？〔末〕

目下平头六十。〔旦〕学生待绣对鞋儿上寿，请个样儿。〔末〕生受了。依《孟子》上样儿，做个“不知足而为屦”罢了。〔旦〕还不见春香来。〔末〕要唤他么？〔末叫三度介〕〔贴上〕害淋的。〔旦作恼介〕劣丫头那里来？〔贴笑介〕溺尿去来。原来有座大花园。花明柳绿，好耍子哩。〔末〕哎也，不攻书，花园去。待俺取荆条来。〔贴〕荆条做什么？

【前腔】女郎行、那里应文科判衙？止不过识字儿书涂嫩鸦。〔起介〕〔末〕古人读书，有囊萤的，趁月亮的。〔贴〕待映月，耀蟾蜍眼花；待囊萤，把虫蚁儿活支煞。〔末〕悬梁、刺股呢？〔贴〕比似你悬了梁，损头发；刺了股，添疤痆。有甚光华！〔内叫卖花介〕〔贴〕小姐，你听一声声卖花，把读书声差。〔末〕又引逗小姐哩。待俺当真打一下。〔末做打介〕〔贴闪介〕你待打、打这哇哇，桃李门墙，崄把负荆人唬煞。

〔贴抢荆条投地介〕〔旦〕死丫头，唐突了师父，快跪下。〔贴跪介〕〔旦〕师父看他初犯，容学生责认一遭儿。

【前腔】手不许把秋千索拿，脚不许把花园路踏。〔贴〕则瞧罢〔旦〕还嘴，这招风嘴，把香头来绰疤；招花眼，把绣针儿签瞎。〔贴〕瞎了中甚用？〔旦〕则要你守砚台，跟书案，伴“诗云”，陪“子曰”，没的争差。〔贴〕争差些罢。〔旦挦贴发介〕则问你几丝儿头发，几条背花？敢也怕些些夫人堂上那些家法。

〔贴〕再不敢了。〔旦〕可知道？〔末〕也罢，松这一遭儿。起来。〔贴起介〕

【尾声】〔末〕女弟子则争个不求闻达，和男学生一般儿教法。你们工课完了，方可回衙。咱和公相陪话去。〔合〕怎辜负的这一弄明窗新绛纱。

〔下〕〔贴作背后指末骂介〕村老牛，痴老狗，一些趣也不知。〔旦作扯介〕死丫头，“一日为师，终身为父”，他打不的你？俺且问你那花园在那里？〔贴做不说〕〔旦做笑问介〕〔贴指介〕兀那不是！〔旦〕可有什么景致？〔贴〕景致么，有亭台六七座，秋千一两架。绕的流觞曲水，面着太湖山石。名花异草，委实华丽。〔旦〕原来有这等一个所在，且回衙去。

〔旦〕也曾飞絮谢家庭，李山甫
〔贴〕欲化西园蝶未成。张　泌
〔旦〕无限春愁莫相问，赵　嘏
〔合〕绿阴终借暂时行。张　祜

第八出　劝农

【夜游朝】〔外引净扮皂隶，贴扮门子同上〕何处行春开五马？采郊风物候秾华。竹宇闻鸠，朱轓引鹿。且留憩甘棠之下。

〔古调笑〕“时节时节，过了春三二月。乍晴膏雨烟浓，太守春深劝农。农重农重，缓理征徭词讼。”俺南安府在江广之间，春事颇早。想俺为太守的，深居府堂，那远乡僻坞，有抛荒游懒的，何由得知？昨已分付该县置买花酒，待本府亲自劝农。想已齐备。〔丑扮县吏上〕“承行无令史，带办有农民。”禀爷爷，劝农花酒，俱已齐备。〔外〕分付起行。近乡之处，不许多人啰唣。〔众应，喝道起行介〕〔外〕正是：“为乘阳气行春令，不是闲游玩物华。”〔下〕

【前腔】〔生、末扮父老上〕白发年来公事寡。听儿童笑语喧哗。太守巡游，春风满马。敢借着这务农宣化？

俺等乃是南安府清乐乡中父老。恭喜本府杜太爷，管治三年，慈祥端正，弊绝风清。凡各村乡约保甲，义仓社学，无不举行。极是地方有福。现今亲自各乡劝农，不免官亭伺候。那祇候们

则为你如花美眷，

似水流年，

是答儿闲寻遍，

在幽闺自怜。

扛抬花酒到来也。

【普贤歌】〔丑、老旦扮公人，扛酒提花上〕俺天生的快手贼无过。衙舍里消消没的睃，扛酒去前坡。〔做跌介〕几乎破了哥，摔破了花花你赖不的我。

〔生、末〕列位祗候哥到来。〔老旦、丑〕便是这酒埕子漏了，则怕酒少，烦老官儿遮盖些。〔生、末〕不妨。且抬过一边，村务里嗑酒去。〔老旦、丑下〕〔生、末〕地方端正坐椅，太爷到来。〔虚下〕

【排歌】〔外引众上〕红杏深花，菖蒲浅芽。春畴渐暖年华。竹篱茅舍酒旗儿叉。雨过炊烟一缕斜。〔生、末接介〕〔合〕提壶叫，布谷喳。行看几日免排衙。休头踏，省喧哗，怕惊他林外野人家。

〔皂禀介〕禀爷，到官亭。〔生、末见介〕〔外〕众父老，此为何乡何都?〔生、末〕南安县第一都清乐乡。〔外〕待我一观。〔望介〕〔外〕美哉此乡，真个清而可乐也。〔长相思〕你看山也清，水也清，人在山阴道上行。春云处处生。〔生、末〕正是。官也清，吏也清，村民无事到公庭。农歌三两声。〔外〕父老，知我春游之意乎?

【八声甘州】平原麦洒，翠波摇翦翦，绿畴如画。如酥嫩雨，绕塍春色蕾苴。趁江南土疏田脉佳。怕人户们抛荒力不加。还怕，有那无头官事，误了你好生涯。

〔生、末〕以前昼有公差，夜有盗警。老爷到后呵。

【前腔】千村转岁华。愚父老香盆，儿童竹马。阳春有脚，经过百姓人家。月明无犬吠黄花，雨过有人耕绿野。真个，村村雨露桑麻。

〔内歌《泥滑喇》介〕〔外〕前村田歌可听。

【孝白歌】〔净扮田夫上〕泥滑喇，脚支沙，短耙长犁滑律的拿。夜雨撒菰麻，天晴出粪渣，香风餣鲊”。〔外〕歌的好。“夜雨撒菰麻，天晴出粪渣，香风餣鲊”，是说那粪臭。父老呵，他却不知这粪是香的。有诗为证：“焚香列鼎奉君王，馔玉炊金饱即妨。直到饥时闻饭过，龙涎不及粪渣香。”与他插花赏酒。〔净插花赏酒，笑介〕好老爷，好酒。〔合〕官里醉流霞，风前笑插花，把农夫们俊煞。〔下〕

〔门子禀介〕一个小厮唱的来也。

【前腔】〔丑扮牧童拿笛上〕春鞭打，笛儿唦，倒牛背斜阳闪暮鸦。〔笛指门子介〕他一样小腰揢，一般双髻髽，能骑大马。〔外〕歌的好。怎生指着门子唱“一样小腰揢，一般双髻髽，能骑大马”？父老，他怎知骑牛的到稳。有诗为证：“常羡人间万户侯，只知骑马胜骑牛。今朝马上看山色，争似骑牛得自由。”赏他酒，插花去。〔丑插花饮酒介〕〔合〕官里醉流霞，风前笑插花，村童们俊煞。〔下〕

〔门子禀介〕一对妇人歌的来也。

【前腔】〔旦、老旦采桑上〕那桑阴下，柳篓儿搓，顺手腰身翦一丫。呀，什么官员在此？俺罗敷自有家，便秋胡怎认他，提金下马？〔外〕歌的好。说与他，不是鲁国秋胡，不是秦家使君，是本府太爷劝农。见此勤劬采桑，可敬也。有诗为证：“一般桃李听笙歌，此地桑阴十亩多。不比世间闲草木，丝丝叶叶是绫罗。”领酒，插花去。〔二旦背插花，饮酒介〕〔合〕官里醉流霞，风前笑插花，采桑人俊煞。〔下〕

〔门子禀介〕又一对妇人唱的来也。

【前腔】〔老旦、丑持筐采茶上〕乘谷雨，采新茶，一旗半枪金缕芽。呀，什么官员在此？学士雪炊他，书生困想他，竹烟新瓦。〔外〕歌的好。说与他，不是邮亭学士，不是阳羡书生，是本府太爷劝农。看你妇女们采桑采茶，胜如采花。有诗为证：“只因天上少茶星，地下先开百草精。闲煞女郎贪斗草，风光不似斗茶清。”领了酒，插花去。〔老旦、丑插花，饮酒介〕〔合〕官里醉流霞，风前笑插花，采茶人俊煞。〔下〕

〔生、末跪介〕禀老爷，众父老茶饭伺候。〔外〕不消。余花余酒，父老们领去，给散小乡村，也见官府劝农之意。叫祗候们起马。〔生、末做攀留不许介〕〔起叫介〕村中男妇领了花赏了酒的，都来送太爷。

【清江引】〔前各众插花上〕黄堂春游韵潇洒，身骑五花马。村务里有光华，花酒藏风雅。男女们请了，你德政碑随路打。〔下〕

闾阎缭绕接山巅，杜　甫
春草青青万顷田。张　继
日暮不辞停五马，羊士谔
桃花红近竹林边。薛　能

第九出　肃苑

【一江风】〔贴上〕小春香，一种在人奴上，画阁里从娇养。侍娘行，弄粉调朱，贴翠拈花，惯向妆台傍。陪他理绣床，陪他烧夜香。小苗条吃的是夫人杖。

“花面丫头十三四，春来绰约省人事。终须等着个助情花，处处相随步步觑。”俺春香日夜跟随小姐。看他名为国色，实守家声。嫩脸娇羞，老成尊重。只因老爷延师教授，读到《毛诗》第一章：“窈窕淑女，君子好逑。”悄然废书而叹曰：“圣人之情，尽见于此矣。今古同怀，岂不然乎？”春香因而进言：“小姐读书困闷，怎生消遣则个？”小姐一会沉吟，逡巡而起。便问道：“春香，你教我怎生消遣那？”俺便应道：“小姐，也没个甚法儿，后花园走走罢。”小姐说：“死丫头，老爷闻知怎好？”春香应说：“老爷下乡，有几日了。”小姐低回不语者久之，方才取过历书选看。说明日不佳，后日欠好，除大后日，是个小游神吉期。预唤花郎，扫清花径。我一时应了，则怕老夫人知道。却也由他。且自叫那小花郎分付去。呀，回廊那厢，陈师父来了。正是：“年光到处皆堪赏，说与痴翁总不知。”

【前腔】〔末上〕老书堂，暂借扶风帐。日暖钩帘荡。呀，那回廊，小立双鬟，似语无言，近看如何相？是春香，问你恩官在那厢？夫人在那厢？女生书怎不把书来上？

〔贴〕原来是陈师父。俺小姐这几日没工夫上书。〔末〕为甚？

〔贴〕听呵，

【前腔】甚年光！忒煞通明相，所事关情况。〔末〕有什么情况？〔贴〕老师父还不知，老爷怪你哩。〔末〕何事？〔贴〕说你讲《毛诗》，毛的忒精了。小姐呵，为诗章，讲动情肠。〔末〕则讲了个“关关雎鸠”。〔贴〕故此了。小姐说，关了的雎鸠，尚然有洲渚之兴，可以人而不如鸟乎！书要埋头，那景致则抬头望。如今分付，明后日游后花园。〔末〕为甚去游？〔贴〕他平白地为春伤。因春去的忙，后花园要把春愁漾。

〔末〕一发不该了。

【前腔】论娘行，出入人观望，步起须屏障。春香，你师父靠天也六十来岁，从不晓得伤个春，从不曾游个花园。〔贴〕为甚？〔末〕你不知。孟夫子说的好，圣人千言万语，则要人“收其放心”。但如常，着甚春伤？要甚春游？你放春归，怎把心儿放？小姐既不上书，我且告归几日。春香呵，你寻常到讲堂，时常向琐窗，怕燕泥香点涴在琴书上。

我去了。“绣户女郎闲斗草，下帷老子不窥园。”〔下〕〔贴吊场〕且喜陈师父去了。叫花郎在么？〔叫介〕花郎！

【普贤歌】〔丑扮小花郎醉上〕一生花里小随衙，偷去街头学卖花。令史们将我揸，祇候们将我搭，狠烧刀、险把我嫩盘肠生灌杀。

〔见介〕春姐在此。〔贴〕好打。私出衙前骗酒，这几日菜也不送。〔丑〕有菜夫。〔贴〕水也不枧。〔丑〕有水夫。〔贴〕花也不送。〔丑〕每早送花，夫人一分，小姐一分。〔贴〕还有一分哩？〔丑〕这该打。〔贴〕你叫什么名字？〔丑〕花郎。〔贴〕你把花郎的意思，搊个曲儿俺听。搊的好，饶打。〔丑〕使得。

【梨花儿】小花郎看尽了花成浪，则春姐花沁的水洸浪。和你这日高头偷眼眼，嗏，好花枝干鳖了作么朗！

〔贴〕待俺还你也哥。

【前腔】小花郎做尽花儿浪，小郎当夹细的大当郎？〔丑〕哎哟。〔贴〕俺待到老爷回时说一浪，〔采丑发介〕嗏，敢几个小榔头把你分的朗。

〔丑倒介〕罢了，姐姐为甚事光降小园？〔贴〕小姐大后日来瞧花园，好些扫除花径。〔丑〕知道了。

东郊风物正薰馨，崔日用
应喜家山接女星。陈　陶
莫遣儿童触红粉，韦应物
便教莺语太丁宁。杜　甫

第十出　惊梦

【绕池游】〔旦上〕梦回莺啭，乱煞年光遍。人立小庭深院。〔贴〕炷尽沉烟，抛残绣线，恁今春关情似去年？

〔乌夜啼〕〔旦〕晓来望断梅关，宿妆残。〔贴〕你侧着宜春髻子恰凭阑。〔旦〕翦不断，理还乱，闷无端。〔贴〕已分付催花莺燕借春看。”〔旦〕春香，可曾叫人扫除花径？〔贴〕分付了。〔旦〕取镜台衣服来。〔贴取镜台衣服上〕“云髻罢梳还对镜，罗衣欲换更添香。”镜台衣服在此。

【步步娇】〔旦〕袅晴丝吹来闲庭院，摇漾春如线。停半晌、整花钿。没揣菱花，偷人半面，迤逗的彩云偏。〔行介〕步香闺怎便把全身现！

〔贴〕今日穿插的好。

【醉扶归】〔旦〕你道翠生生出落的裙衫儿茜，艳晶晶花簪八宝填，可知我常一生儿爱好是天然。恰三春好处无人见。不提防沉鱼落雁鸟惊喧，则怕的羞花闭月花愁颤。

〔贴〕早茶时了，请行。〔行介〕你看：“画廊金粉半零星，池馆苍苔一片青。踏草怕泥新绣袜，惜花疼煞小金铃。”〔旦〕不到园林，怎知春色如许！

【皂罗袍】原来姹紫嫣红开遍，似这般都付与断井颓垣。良辰美景奈何天，赏心乐事谁家院！恁般景致，我老爷和奶奶再不提起。〔合〕朝飞暮卷，云霞翠轩；雨丝风片，烟波画船——锦屏人忒看的这韶光贱！

〔贴〕是花都放了，那牡丹还早。

【好姐姐】〔旦〕遍青山啼红了杜鹃，荼蘼外烟丝醉软。春香呵，牡丹虽好，他春归怎占的先！〔贴〕成对儿莺燕呵。〔合〕闲凝眄，生生燕语明如翦，呖呖莺歌溜的圆。

〔旦〕去罢。〔贴〕这园子委是观之不足也。〔旦〕提他怎的！〔行介〕

【隔尾】观之不足由他缱，便赏遍了十二亭台是枉然。到不如兴尽回家闲过遣。

〔作到介〕〔贴〕“开我西阁门，展我东阁床。瓶插映山紫，炉添沉水香。”小姐，你歇息片时，俺瞧老夫人去也。〔下〕〔旦叹介〕“默地游春转，小试宜春面。”春呵，得和你两留连，春去如何遣？咳，恁般天气，好困人也。春香那里？〔作左右瞧介〕〔又低首沉吟介〕天呵，春色恼人，信有之乎！常观诗词乐府，古之女子，因春感情，遇秋成恨，诚不谬矣。吾今年已二八，未逢折桂之夫；忽慕春情，怎得蟾宫之客？昔日韩夫人得遇于郎，张生偶逢崔氏，曾有《题红记》、《崔徽传》二书。此佳人才子，前以密约偷期，后皆得成秦晋。〔长叹介〕吾生于宦族，长在名门。年已及笄，不得早成佳配，诚为虚度青春，光阴如过隙耳。〔泪介〕可惜妾身颜色如花，岂料命如一叶乎！

【山坡羊】没乱里春情难遣，蓦地里怀人幽怨。则为俺生小婵娟，拣名门一例、一例里神仙眷。甚良缘，把青春抛的远！俺的睡情谁见？则索因循腼腆。想幽梦谁边，和春光暗流传？迁延，这衷怀那处言！淹煎，泼残生，除问天！

身子困乏了，且自隐几而眠。〔睡介〕〔梦生介〕〔生持柳枝上〕“莺逢日暖歌声滑，人遇风情笑口开。一径落花随水入，今朝阮肇到天台。”小生顺路儿跟着杜小姐回来，怎生不见？〔回看介〕呀，小姐，小姐！〔旦作惊起介〕〔相见介〕〔生〕小生那一处不寻访小姐来，却在这里！〔旦作斜视不语介〕〔生〕恰好花园内，折取垂柳半枝。姐姐，你既淹通书史，可作诗以赏此柳枝乎？〔旦作惊喜，欲言又止介〕〔背想〕这生素昧平生，何因到此？〔生笑介〕小姐，咱爱杀你哩！

【山桃红】则为你如花美眷，似水流年，是答儿闲寻遍。在幽闺自怜。小姐，和你那答儿讲话去。〔旦作含笑不行〕〔生作牵衣介〕〔旦低问〕那边去？〔生〕转过这芍药栏前，紧靠着湖山石边。〔旦低问〕秀才，去怎的？〔生低答〕和你把领扣松，衣带宽，袖梢儿揾着牙儿苫也，则待你忍耐温存一晌眠。〔旦作羞〕〔生前抱〕〔旦推介〕〔合〕是那处曾相见，相看俨然，早难道这好处相逢无一言？

〔生强抱旦下〕〔末扮花神束发冠，红衣插花上〕“催花御史惜花天，检点春工又一年。蘸客伤心红雨下，勾人悬梦彩云边。”吾乃掌管南安府后花园花神是也。因杜知府小姐丽娘，与柳梦梅秀才，后日有姻缘之分。杜小姐游春感伤，致使柳秀才入梦。咱花神专掌惜玉怜香，竟来保护他，要他云雨十分欢幸也。

【鲍老催】〔末〕单则是混阳蒸变，看他似虫儿般蠢动把风情搧。一般儿娇凝翠绽魂儿颤。这是景上缘，想内成，因中见。呀，淫邪展污了花台殿。咱待拈片落花儿惊醒他。〔向鬼门丢花介〕他梦酣春透了怎留连？拈花闪碎的红如片。

秀才才到的半梦儿；梦毕之时，好送杜小姐仍归香阁。吾神去也。〔下〕

【山桃红】〔生、旦携手上〕〔生〕这一霎天留人便，草藉花眠。小姐可好？〔旦低头介〕〔生〕则把云鬟点，红松翠偏。小姐休忘了啊，见了你紧相偎，慢厮连，恨不得肉儿般团成片也，逗的个日下胭脂雨上鲜。〔旦〕秀才，你可去呵？

〔合〕是那处曾相见，相看俨然，早难道这好处相逢无一言？〔生〕姐姐，你身子乏了，将息，将息。〔送旦依前作睡介〕〔轻拍旦介〕姐姐，俺去了。〔作回顾介〕姐姐，你可十分将息，我再来瞧你那。“行来春色三分雨，睡去巫山一片云。”〔下〕〔旦作惊醒，低叫介〕秀才，秀才，你去了也？〔又作痴睡介〕〔老旦上〕“夫婿坐黄堂，娇娃立绣窗。怪他裙衩上，花鸟绣双双。”孩儿，孩儿，你为甚瞌睡在此？〔旦作醒，叫秀才介〕咳也。〔老旦〕孩儿怎的来？〔旦作惊起介〕奶奶到此！〔老旦〕我儿，何不做些针指，或观玩书史，舒展情怀？因何昼寝于此？〔旦〕孩儿适在花园中闲玩，忽值春暄恼人，故此回房。无可消遣，不觉困倦少息。有失迎接，望母亲恕儿之罪。〔老旦〕孩儿，这后花园中冷静，少去闲行。〔旦〕领母亲严命。〔老旦〕孩儿，学堂看书去。〔旦〕先生不在，且自消停。〔老旦叹介〕女孩儿长成，自有许多情态，且自由他。正是："宛转随儿女，辛勤做老娘。"〔下〕〔旦长叹介〕〔看老旦下介〕哎也，天那，今日杜丽娘有些侥幸也。偶到后花园中，百花开遍，睹景伤情。没兴而回，昼眠香阁。忽见一生，年可弱冠，丰姿俊妍。于园中折得柳丝一枝，笑对奴家说："姐姐既淹通书史，何不将柳枝题赏一篇？"那时待要应他一声，心中自忖，素昧平生，不知名姓，何得轻与交言。正如此想间，只见那生向前说了几句伤心话儿，将奴搂抱去牡丹亭畔，芍药阑边，共成云雨之欢。两情和合，真个是千般爱惜，万种温存。欢毕之时，又送我睡眠，几声"将息"。正待自送那生出门，忽值母亲来到，唤醒将来。我一身冷汗，乃是南柯一梦。忙身参礼母亲，又被母亲絮了许多闲话。奴家口虽无言答应，心内思想梦中之事，何曾放怀。行坐不宁，自觉如有所失。娘呵，你教我学堂看书去，知他看那一种书消闷也。〔作掩泪介〕

【绵搭絮】雨香云片，才到梦儿边。无奈高堂，唤醒纱窗睡不便。泼新鲜冷汗粘煎，闪的俺心悠步亸，意软鬟偏。不争多费尽神情，坐起谁忺？则待去眠。

〔贴上〕"晚妆销粉印，春润费香篝。"小姐，薰了被窝睡罢。

【尾声】〔旦〕困春心游赏倦，也不索香薰绣被眠。天呵，有心情那梦儿还去不远。

春望逍遥出画堂，张　说

间梅遮柳不胜芳。罗　隐

可知刘阮逢人处？许　浑

回首东风一断肠。罗　隐

第十一出 慈戒

〔老旦上〕“昨日胜今日，今年老去年。可怜小儿女，长自绣窗前。”几日不到女孩儿房中，午晌去瞧他，只见情思无聊，独眠香阁。问知他在后花园回，身子困倦。他年幼不知：凡少年女子，最不宜艳妆戏游空冷无人之处。这都是春香贱材逗引他。春香那里？〔贴上〕“闺中图一睡，堂上有千呼。”奶奶，怎夜分时节，还未安寝？〔老旦〕小姐在那里？〔贴〕陪过夫人到香阁中，自言自语，淹淹春睡去了。敢在做梦也。〔老旦〕你这贱材，引逗小姐后花园去。倘有疏虞，怎生是了！〔贴〕以后再不敢了。〔老旦〕听俺分付：

【征胡兵】女孩儿只合香闺坐，拈花剪朵。问绣窗针指如何？逗工夫一线多。更昼长闲不过，琴书外自有好腾那。去花园怎么？

〔贴〕花园好景。〔老旦〕丫头，不说你不知：

【前腔】后花园窣静无边阔，亭台半倒落。便我中年人要去时节，尚兀自里打个磨陀。女儿家甚做作？星辰高犹自可。〔贴〕不高怎的？〔老旦唱〕断撞着，有甚不着科，教娘怎么？

小姐不曾晚餐，早饭要早。你说与他。

〔老〕风雨林中有鬼神，苏广文

〔贴〕寂寥未是采花人。郑　谷

〔老〕素娥毕竟难防备，段成式

〔贴〕似有微词动绛唇。唐彦谦

第十二出　寻梦

【夜游宫】〔贴上〕腻脸朝云罢盥，倒犀簪斜插双鬟。侍香闺起早，睡意阑珊：衣桁前，妆阁畔，画屏间。

伏侍千金小姐，丫鬟一位春香。请过猫儿师父，不许老鼠放光。侥幸《毛诗》感动，小姐吉日时良。拖带春香遣闷，后花园里游芳。谁知小姐瞌睡，恰遇着夫人问当。絮了小姐一会，要与春香一场。春香无言知罪，以后劝止娘行。夫人还是不放，少不得发咒禁当。〔内介〕春香姐，发个甚咒来？〔贴〕敢再跟娘胡撞，教春香即世里不见儿郎。虽然一时抵对，乌鸦管的凤凰？一夜小姐焦躁，起来促水朝妆。由他自言自语，日高花影纱窗。〔内介〕快请小姐早膳。〔贴〕“报道官厨饭熟，且去传递茶汤。”〔下〕

【月儿高】〔旦上〕几曲屏山展，残眉黛深浅。为甚衾儿里不住的柔肠转？这憔悴非关爱月眠迟倦，可为惜花，朝起庭院？”

“忽忽花间起梦情，女儿心性未分明。无眠一夜灯明灭，分煞梅香唤不醒。”昨日偶尔春游，何人见梦。绸缪顾盼，如遇平生。独坐思量，情殊怅怳。真个可怜人也。〔闷介〕〔贴捧茶食上〕“香饭盛来鹦鹉粒，清茶擎出鹧鸪斑。”小姐早膳哩。〔旦〕咱有甚心情也！

【前腔】梳洗了才匀面，照台儿未收展。睡起无滋味，茶饭怎生咽？〔贴〕夫人分付，早饭要早。〔旦〕你猛说夫人，则待把饥人劝。你说为人在世，怎生叫做吃饭？〔贴〕一日三餐。〔旦〕咳，甚瓯儿气力与擎拳！生生的了前件。

你自拿去吃便了。〔贴〕“受用余杯冷炙，胜如剩粉残膏。”〔下〕〔旦〕春香已去。天呵，昨日所梦，池亭俨然。只图旧梦重来，其奈新愁一段。寻思展转，竟夜无眠。咱待乘此空闲，背却春香，悄向花园寻看。〔悲介〕哎也，似咱这般，正是：“梦无彩凰双飞翼，心有灵犀一点通。”〔行介〕一迳行来，喜的园门洞开，守花的都不在。则这残红满地呵！

【懒画眉】最撩人春色是今年。少什么低就高来粉画垣，元来春心无处不飞悬。〔绊介〕哎，睡荼蘼抓住裙衩线，恰便是花似人心好处牵。

这一湾流水呵！

【前腔】为甚呵，玉真重溯武陵源？也则为水点花飞在眼前。是天公不费买花钱，则咱人心上有啼红怨。咳，辜负了春三二月天。

〔贴上〕吃饭去，不见了小姐，则得一迳寻来。呀，小姐，你在这里！

【不是路】何意婵娟，小立在垂垂花树边。才朝膳，个人无伴怎游园？〔旦〕画廊前，深深蓦见衔泥燕，随步名园是偶然。

何意婵娟，

小立在垂垂花树边。

才朝膳，个人无伴怎游园？

画廊前，

深深蓦见衔泥燕，

随步名园是偶然。

〔贴〕娘回转，幽闺窣地教人见，“那些儿闲串？那些儿闲串？”

【前腔】〔旦作恼介〕哇，偶尔来前，道的咱偷闲学少年。〔贴〕咳，不偷闲，偷淡。〔旦〕欺奴善，把护春台都猜做谎桃源。〔贴〕敢胡言，这是夫人命，道春多刺绣宜添线，润逼炉香好腻笺。〔旦〕还说甚来？〔贴〕这荒园堑，怕花妖木客寻常见。去小庭深院，去小庭深院！

〔旦〕知道了。你好生答应夫人去，俺随后便来。〔贴〕“闲花傍砌如依主，娇鸟嫌笼会骂人。”〔下〕〔旦〕丫头去了，正好寻梦。

【忒忒令】那一答可是湖山石边，这一答似牡丹亭畔。嵌雕阑芍药芽儿浅，一丝丝垂杨线，一丢丢榆荚钱。线儿春甚金钱吊转！

呀，昨日那书生将柳枝要我题咏，强我欢会之时。好不话长！

【嘉庆子】是谁家少俊来近远，敢迤逗这香闺去沁园？话到其间腼腆。他捏这眼，奈烦也天；咱噷这口，待酬言。

【尹令】那书生可意呵，咱不是前生爱眷，又素乏平生半面。则道来生出现，乍便今生梦见。生就个书生，恰恰生生抱咱去眠。

那些好不动人春意也。

【品令】他倚太湖石，立着咱玉婵娟。待把俺玉山推倒，便日暖玉生烟。捱过雕阑，转过秋千，揞着裙花展。敢席着地，怕天瞧见。好一会分明，美满幽香不可言。

梦到正好时节，甚花片儿吊下来也！

【豆叶黄】他兴心儿紧咽咽，呜着咱香肩。俺可也慢掂掂做意儿周旋。等闲间把一个照人儿昏善，那般形现，那般软绵。忑一片撒花心的红影儿吊将来半天。敢是咱梦魂儿厮缠？

咳，寻来寻去，都不见了。牡丹亭，芍药阑，怎生这般凄凉冷落，杳无人迹？好不伤心也！

【玉交枝】〔泪介〕是这等荒凉地面，没多半亭台靠边，好是咱眯暌色眼寻难见。明放着白日青天，猛教人抓不到魂梦前。霎时间有如活现，打方旋再得俄延，呀，是这答儿压黄金钏匾。

要再见那书生呵，

【月上海棠】怎赚骗，依稀想像人儿见。那来时荏苒，去也迁延。非远，那雨迹云踪才一转，敢依花傍柳还重现。昨日今朝，眼下心前，阳台一座登时变。

再消停一番。〔望介〕呀，无人之处，忽然大梅树一株，梅子磊磊可爱。

【二犯幺令】偏则他暗香清远，伞儿般盖的周全。他趁这，他趁这春三月红绽雨肥天，叶儿青，偏迸着苦仁儿里撒圆。爱杀这昼阴便，再得到罗浮梦边。

罢了，这梅树依依可人，我杜丽娘若死后，得葬于此，幸矣。

【江儿水】偶然间心似缱，梅树边。这般花花草草由人恋，生生死死随人愿，便酸酸楚楚无人怨。待打并香魂一片，阴雨梅天，守的个梅根相见。

〔倦坐介〕〔贴上〕“佳人拾翠春亭远，侍女添香午院清。”咳，小姐走乏了，梅树下盹。

【川拨棹】你游花院，怎靠着梅树偃？〔旦〕一时间望，一时间望眼连天，忽忽地伤心自怜。〔泣介〕〔合〕知怎生情怅然，知怎生泪暗悬？

〔贴〕小姐甚意儿？

【前腔】〔旦〕春归人面，整相看无一言，我待要折，我待要折的那柳枝儿问天，我如今悔，我如今悔不与题笺。〔贴〕这一句猜头儿是怎言？〔合前〕

〔贴〕去罢。〔旦作行又住介〕

【前腔】为我慢归休，缓留连。〔内鸟啼介〕听，听这不如归春暮天，难道我再，难道我再到这亭园，则挣的个长眠和短眠？〔合前〕

〔贴〕到了，和小姐瞧奶奶去。〔旦〕罢了。

【意不尽】软咍咍刚扶到画阑偏，报堂上夫人稳便。咱杜丽娘呵，少不得楼上花枝也则是照独眠。

〔旦〕武陵何处访仙郎？释皎然
〔贴〕只怪游人思易忘。韦　庄
〔旦〕从此时时春梦里，白居易
〔贴〕一生遗恨系心肠。张　祜

第十三出　诀谒

【杏花天】〔生上〕**虽然是饱学名儒，腹中饥，峥嵘胀气。梦魂中紫阁丹墀，猛抬头、破屋半间而已。**

“蛟龙失水砚池枯，狡兔腾天笔势孤。百事不成真画虎，一枝难稳又惊乌。”我柳梦梅在广州学里，也是个数一数二的秀才，捱了些数伏数九的日子。于今藏身荒圃，寄口髯奴。思之，思之，惶愧，惶愧。想起韩友之谈，不如外县傍州，寻觅活计。正是：“家徒四壁求杨意，树少千头愧木奴。”老园公那里？

【字字双】〔净扮郭驼上〕**前山低坬后山堆，驼背；牵弓射弩做人儿，把势；一连十个偌来回，漏地；有时跌做绣球儿，滚气。**

自家种园的郭驼子是也。祖公公郭橐驼，从唐朝柳员外来柳州。我因兵乱，跟随他二十八代玄孙柳梦梅秀才的父亲，流转到广，又是若干年矣。卖果子回来，看秀才去。〔见介〕秀才，读书辛苦。〔生〕园公，正待商量一事。我读书过了廿岁，并无发迹之期。思想起来，前路多长，岂能郁郁居此。搬柴运水，多有劳累。园中果树，都判与伊。听我道来：

【桂花锁南枝】俺有身如寄，无人似你。俺吃尽了黄淡酸甜，费你老人家浇培接植。你道俺像甚的来？镇日里似醉汉扶头。甚日的和老驼伸背？自株守，教怨谁？让荒园，你存济。

【前腔】〔净〕俺橐驼风味，种园家世。〔揖介〕不能够展脚伸腰，也和你鞠躬尽力。秀才，你贴了俺果园那里去？〔生〕坐食三餐，不如走空一棍。〔净〕怎生叫做一棍？〔生〕混名打秋风哩！〔净〕咳，你费工夫去撞府穿州，不如依本分登科及第。〔生〕你说打秋风不好？"茂陵刘郎秋风客"，到大来做了皇帝。〔净〕秀才，不要攀今吊古的。你待秋风谁？你道滕王阁，风顺随；则怕鲁颜碑，响雷碎。

〔生〕俺干谒之兴甚浓，休的阻挡。〔净〕也整理些衣服去。

【尾声】把破衫衿彻骨捶挑洗。〔生〕学干谒黉门一布衣。〔净〕秀才，则要你衣锦还乡俺还见的你。

〔生〕此身飘泊苦西东，杜　甫
〔净〕笑指生涯树树红。陆龟蒙
〔生〕欲尽出游那可得？武元衡
〔净〕秋风还不及春风。王　建

第十四出　写真

【破齐阵】〔旦上〕径曲梦回人杳，闺深珮冷魂销。似雾濛花，如云漏月，一点幽情动早。〔贴上〕怕待寻芳迷翠蝶，倦起临妆听伯劳。春归红袖招。

〔醉桃源〕〔旦〕不经人事意相关，牡丹亭梦残。〔贴〕断肠春色在眉弯，倩谁临远山？〔旦〕排恨叠，怯衣单，花枝红泪弹。〔合〕蜀妆晴雨画来难，高唐云影间。”〔贴〕小姐，你自花园游后，寝食悠悠，敢为春伤，顿成消瘦？春香愚不谏贤，那花园以后再不可行走了。〔旦〕你怎知就里？这是：“春梦暗随三月景，晓寒瘦减一分花。”

【刷子序犯】〔旦低唱〕春归恁寒峭，都来几日意懒心乔，竟妆成熏香独坐无聊。逍遥，怎划尽助愁芳草，甚法儿点活心苗！真情强笑为谁娇？泪花儿打迸着梦魂飘。

【朱奴儿犯】〔贴〕小姐，你热性儿怎不冰着，冷泪儿几曾干燥？这两度春游忒分晓，是禁不的燕抄莺闹。你自窨约，敢夫人见焦。再愁烦，十分容貌怕不上九分瞧。

〔旦作惊介〕咳，听春香言话，俺丽娘瘦到九分九了。俺且镜前一照，委是如何？〔照介〕〔悲介〕哎也，俺往日艳冶轻盈，奈何一瘦至此！若不趁此时自行描画，流在人间，一旦无常，谁知西蜀杜丽娘有如此之美貌乎！春香，取素绢、丹青，看我描画。〔贴下取绢、笔上〕“三分春色描来易，一段伤心画出难。”绢幅、丹青，俱已齐备。〔旦泣介〕杜丽娘二八春容，怎生便是杜丽娘自手生描也呵！

【普天乐】这些时把少年人如花貌，不多时憔悴了。不因他福分难销，可甚的红颜易老？论人间绝色偏不少，等把风光丢抹早。打灭起离魂舍欲火三焦，摆列着昭容阁文房四宝，待画出西子湖眉月双高。

【雁过声】〔照镜叹介〕轻绡，把镜儿擘掠。笔花尖淡扫轻描。影儿呵，和你细评度：你腮斗儿恁喜谑，则待注樱桃，染柳条，渲云鬟烟霭飘萧；眉梢青未了，个中人全在秋波妙，可可的淡春山钿翠小。

【倾杯序】〔贴〕宜笑，淡东风立细腰，又以被春愁着。〔旦〕谢半点江山，三分门户，一种人才，小小行乐，捻青梅闲厮调。倚湖山梦晓，对垂杨风袅。忒苗条，斜添他几叶翠芭蕉。

春香，噔起来，可厮像也？

【玉芙蓉】〔贴〕丹青女易描，真色人难学。似空花水月，影儿相照。〔旦喜介〕画的来可爱人也。咳，情知画到中间好，再有似生成别样娇。〔贴〕只少个姐夫在身旁。若是姻缘早，把风流婿招，少什么美夫妻图画在碧云高！

〔旦〕春香，咱不瞒你，花园游玩之时，咱也有个人儿。〔贴惊介〕小姐，怎的有这等方便呵？〔旦〕梦哩！

【山桃犯】有一个曾同笑，待想像生描着，再消详邈入其中妙，则女孩家怕漏泄风情稿。这春容呵，似孤秋片月离云峤，其蟾宫贵客傍的云霄？

春香，记起来了。那梦里书生，曾折柳一枝赠我。此莫非他日所适之夫姓柳乎？故有此警报耳。偶成一诗，暗藏春色，题于帧首之上何如？〔贴〕却好。〔旦题吟介〕“近睹分明似俨然，远观自在若飞仙。他年得傍蟾宫客，不在梅边在柳边。”〔放笔叹介〕春香，也有古今美女，早嫁了丈夫相爱，替他描模画样；也有美人自家写照，寄与情人。似我杜丽娘寄谁呵！

【尾犯序】心喜转心焦。喜的明妆俨雅，仙珮飘飘。则怕呵，把俺年深色浅，当了个金屋藏娇。虚劳，寄春容教谁泪落，做真真无人唤叫。〔泪介〕堪愁夭，精神出现留与后人标。

春香，悄悄唤那花郎分付他。〔贴叫介〕〔丑扮花郎上〕“秦宫一生花里活，崔徽不似卷中人。”小姐有何分付？〔旦〕这一幅行乐图，向行家裱去。叫人家收拾好些。

【鲍老催】这本色人儿妙，助美的谁家裱？要练花绡帘儿莹、边阑小，教他有人问着休胡嘌。日炙风吹悬衬的好，怕好物不坚牢。把咱巧丹青休涴了。

〔丑〕小姐，裱完了，安奉在那里？

【尾声】〔旦〕尽香闺赏玩无人到，〔贴〕这形模则合挂巫山庙。〔合〕又怕为雨为云飞去了。

〔贴〕眼前珠翠与心违，崔道融
〔旦〕却向花前痛哭归。韦　庄
〔贴〕好写妖娆与教看，罗　虬
〔旦〕令人评泊画杨妃。韩　偓

第十五出　虏谍

【一枝花】〔净扮番王引众上〕天心起灭了辽，世界平分了赵。静鞭儿替了胡笳哨。擂鼓鸣钟，看文武班齐到。骨碌碌南人笑，则个鼻凹儿蹻，脸皮儿皰，毛梢儿魋。

“万里江山万里尘。一朝天子一朝臣。俺北地怎禁沙日月，南人偏占锦乾坤。”自家大金皇帝完颜亮是也。身为夷虏，性爱风骚。俺祖公阿骨都，抢了南朝天下，赵康王走去杭州，今又三十余年矣。听得他妆点杭州，胜似汴梁风景。一座西湖，朝欢暮乐。有个曲儿，说他“三秋桂子，十里荷花。”便待起兵百万，吞取何难？兵法虚虚实实，俺待用个南人，为我乡导。喜他淮扬贼汉李全，有万夫不当之勇。他心顺溜于俺，俺先封他为溜金王之职。限他三年内招兵买马，骚扰淮扬地方。相机而行，以开征进之路。哎哟，俺巴不到西湖上散闷儿也！

北【二犯江儿水】平分天道，虽则是平分天道，高头偏俺照。俺司天台标着那南朝，标着他那答儿好。〔众〕那答里好？〔净笑介〕你说西子怎娇娆，向西湖上笑倚着兰桡。〔众〕西湖有俺这南海子、北海子大么？〔净〕周围三百里。波上花摇，云外香飘。无明夜、锦笙歌围醉绕。〔众〕万岁爷，借他来耍耍。〔净〕已潜遣画工，偷将他全景来了。那湖上有吴山第一峰，画俺立马其上。俺好不狠也！吴山最高，俺立马在吴山最高。江南低小，也看见了江南低小。〔舞介〕俺怕不占场儿砌一个《锦西湖上马娇》。

〔众〕奏万岁爷，怕急不能勾到西湖，何方驻驾？

北【尾】〔净〕呀，急切要画图中匹马把西湖哨，且迤递的看花向洛阳道。我呵，少不的把赵康王剩水残山都占了。

线大长江扇大天，谭　峭
旌旗遥拂雁行偏。司空曙
可胜饮尽江南酒？张　祜
交割山川直到燕。王　建

第十六出　诘病

【三登乐】〔老旦上〕今生怎生？偏则是红颜薄命，眼见的孤苦仃俜。〔泣介〕掌上珍，心头肉，泪珠儿暗倾。天呵，偏人家七子团圆，一个女孩儿厮病。

〔清平乐〕“如花娇怯，合得天饶借。风雨于花生分劣，作意十分凌藉。止堪深阁重帘，谁教月榭风檐。我发短回肠寸断，眼昏眵泪双淹。”老身年将半百，单生一女丽娘。因何一病，起倒半年？看他举止容谈，不似风寒暑湿。中间缘故，春香必知，则问他便了。春香贱才那里？〔贴上〕有哩。我“眼里不逢乖小使，掌中擎着个病多娇。得知堂上夫人召，剩酒残脂要咱消”。春香叩头。〔老旦〕小姐闲常好好的，才着你贱才伏侍他，不上半年，偏是病害。可恼，可恼！且问近日茶饭多少？

【驻马听】〔贴〕他茶饭何曾，所事儿休提、叫懒应。看他娇啼隐忍，笑谵迷厮，睡眼懵憕。〔老旦〕早早禀请太医了。〔贴〕则除是八法针针断软绵情。怕九还丹丹不的腌臜证。〔老旦〕是什么病？〔贴〕春香不知，道他一枕秋清，却怎生还害的是春前病。

〔老旦哭介〕怎生了。

【前腔】他一搦身形，瘦的庞儿没了四星。都是小奴才逗他。大古是烟花惹事，莺燕成招，云月知情。贱才还不跪！取家法来。〔贴跪介〕春香实不知道。〔老旦〕因何瘦坏了玉娉婷，你怎生触损了他娇情性？〔贴〕小姐好好的拈花弄柳，不知因甚病了。〔老旦恼，打贴介〕打你这牢承，嘴骨棱的胡遮映。

〔贴〕夫人休闪了手。容春香诉来。便是那一日游花园回来，夫人撞到时节，说个秀才手里折的柳枝儿，要小姐题诗。小姐说这秀才素昧平生，也不和他题了。〔老旦〕不题罢了。后来？〔贴〕后来那、那、那秀才就一拍手把小姐端端正正抱在牡丹亭上去了。〔老旦〕去怎的？〔贴〕春香怎得知？小姐做梦哩。〔老旦惊介〕是梦么？〔贴〕是梦。〔老旦〕这等着鬼了。快请老爷商议。〔贴请介〕老爷有请。〔外上〕“肘后印嫌金带重，掌中珠怕玉盘轻。”夫人，女儿病体因何？〔老旦泣介〕老爷听讲：

【前腔】说起心疼，这病知他是怎生！看他长眠短起，似笑如啼，有影无形。原来女儿到后花园游了。梦见一人手执柳枝，闪了他去。〔作叹介〕怕腰身触污了柳精灵，虚嚣侧犯了花神圣。老爷呵，急与禳星，怕流星赶月相刑迸。

〔外〕却还来。我请陈斋长教书，要他拘束身心。你为母亲的，倒纵他闲游。〔笑介〕则是些日炙风吹，伤寒流转。便要禳解，不用师巫，则叫紫阳宫石道婆诵些经卷可矣。古语云：“信巫不信医，一不治也。”我已请过陈斋长看他脉息去了。〔老旦〕看甚脉息。若早有了人家，敢没这病。〔外〕咳，古者男子三十而娶，女子二十而嫁。女儿点点年纪，知道个什么呢？

【前腔】忒恁憨生，一个哇儿甚七情？则不过往来潮热，大小伤寒，急慢风惊。则是你为母的呵，真珠不放在掌中擎，因此娇花不奈这心头病。〔泣介〕〔合〕两口丁零，告天天，半边儿是咱全家命。

〔丑扮院公上〕“人来大庾岭，船去郁孤台。”禀老爷，有使客到。\

【尾声】〔外〕俺为官公事有期程。夫人，好看惜女儿身命，少不的人向秋风病骨轻。

〔外、丑下〕〔老旦、贴吊场介〕〔老旦〕“无官一身轻，有子万事足。”我看老相公则为往来使客，把女儿病都不瞧。好伤怀也。〔泣介〕想起来一边叫石道婆禳解，一边教陈教授下药。知他效验如何？正是：“世间只有娘怜女，天下能无卜与医！”〔下〕

第十七出 道觋

【风入松】〔净扮老道姑上〕人间嫁娶苦奔忙，只为有阴阳。问天天从来不具人身相，只得来道扮男妆，屈指有四旬之上。当人生，梦一场。

〔集唐〕“紫府空歌碧落寒李群玉，竹石如山不敢安杜甫。长恨人心不如石刘禹锡，每逢佳处便开看韩愈。”贫道紫阳宫石道姑是也。俗家原不姓石，则因生为石女，为人所弃，故号“石姑”。思想起来：要还俗，《百家姓》上有俺一家；论出身，《千字文》中有俺数句。天呵，非是俺“求古寻论”，恰正是“史鱼秉直”。俺因何住在这“楼观飞惊”，打并的“劳谦谨敕”？看修行似“福缘善庆”，论因果是“祸因恶积”。有什么“荣业所基”？几辈儿“林皋幸即”。生下俺“形端表正”，那些“性静情逸”。大便孔似“园莽抽条”，小净处也“渠荷滴沥”。只那些儿正好叉着口，“钜野洞庭”；偏和你灭了缝，“昆池碣石”。虽则石路上可以“路侠槐卿”，石田中怎生“我艺黍稷”？难道嫁人家“空谷传声”？则好守娘家“孝当竭力”。可奈不由人

“诸姑伯叔”，聒噪俺“入奉母仪”。母亲说你内才儿虽然“守真志满”，外像儿“毛施淑姿”，是人家有个“上和下睦”，偏你石二姐没个“夫唱妇随？”便请了个有口齿的媒人，“信使可覆”。许了个大鼻子的女婿，“器欲难量”。则见不多时，那人家下定了。说道选择了一年上“日月盈昃”，配定了八字儿“辰宿列张”。他过的礼，“金生丽水”，俺上了轿，“玉出昆冈”。遮脸的“纨扇圆洁”，引路的“银烛辉煌”。那新郎好不打扮的头直上“高冠陪辇”。咱新人一般排比了腰儿下“束带矜庄”。请了些“亲戚故旧”，半路上“接杯举觞”。请新人“升阶纳陛”，叫女伴们“侍巾帷房”。合卺的“弦歌酒晏”，撒帐的“诗赞羔羊”。把俺做新人嘴脸儿一寸寸“鉴貌辨色”，将俺那宝妆奁一件件都“寓目囊箱”。早是二更时分，新郎紧上来了。替俺说，俺两口儿活像“鸣凤在竹”，一时间就要“白驹食场”。则见被窝儿“盖此身发”，灯影里褪尽了这几件“乃服衣裳”。天呵，瞧了他那“驴骡犊特”；教俺好一会“悚惧恐惶”。那新郎见我害怕，说道“新人，你年纪不少了，“闰馀成岁”。俺可也不使狠，和你慢慢的“律吕调阳”。俺听了口不应，心儿里笑着。新郎，新郎，任你“矫手顿足”，你可也“靡恃己长”。三更四更了，他则待阳台上“云腾致雨”，怎生巫峡内“露结为霜”？他一时摸不出路数儿，道是怎的？快取亮来。侧着脑要“右通广内”，踣着眼在“篮笋象床”。那时节俺口不说，心下好不冷笑，新郎，新郎，俺这件东西，则许你“俳徊瞻眺”，怎许你“适口充肠”。

笔花尖淡扫轻描。

影儿呵，

和你细评度：

你腮斗儿恁喜谑，

则待注樱桃，染柳条，

渲云鬟烟霭飘萧；

眉梢青未了，

个中人全在秋波妙，

可可的淡春山钿翠小。

如此者几度了，恼的他气不分的嘴劳刀“俊乂密勿”，累的他凿不窍皮混沌的“天地玄黄”。和他整夜价则是“寸阴是竞”。待讲起，丑煞那“属耳垣墙”。几番待悬梁，待投河，“免其指斥”。若还用刀钻，用线药，“岂敢毁伤”？便拚做赳了交“索居闲处”，甚法儿取他意“悦豫且康”？有了，有了。他没奈何央及煞后庭花“背邙面洛”，俺也则得且随顺干荷叶，和他“秋收冬藏”。哎哟，对面儿做的个“女慕贞洁”，转腰儿到做了“男效才良”。虽则暂时间“释纷利俗”，毕竟情意儿“四大五常”。要留俺怕误了他“嫡后嗣续”，要嫁了俺怕人笑“饥厌糟糠”。这时节俺也索劝他了：官人，官人，少不得请一房“妾御绩纺”，省你气那“鸟官人皇”。俺情愿“推位让国”，则要你“得能莫忘”。后来当真讨一个了。没多时做小的“宠增抗极”，反捻去俺为正的“率宾归王”。不怨他，只“省躬讥诫”。出了家罢，俺则“垂拱平章”。若论这道院里，昔年也不甚“宫殿盘郁”；到老身，才开辟了“宇宙洪荒”。画真武“剑号巨阙”，步北斗“珠称夜光”。奉香供“果珍李柰”，把斋素也是“菜重芥姜”。世间味识得破“海咸河淡”，人中网逃得出“鳞潜羽翔”。俺这出了家呵，把那几年前做新郎的臭粘涎“骸垢想浴”，将俺即世里做老婆的干柴火“执热愿凉”。则可惜做观主“游鹍独运”，也要知观的“顾答审详。”赴会的都要“具膳餐饭”，行脚的也要“老少异粮”。怎生观中再没个人儿？也都是则是“沉默寂寥”，全不会“笺牒简要”。俺老将来“年矢每催”，镜儿里“晦魄环照”。硬配不上仕女图“驰誉丹青”，也要接得着仙真传“坚持雅操”。懒云游“东西二京”，端一味“坐朝问道”。女冠子有几个“同气连枝”，骚道士不与他“工颦妍笑”。怕了他暗地虎“布射辽丸”，则守着寒水鱼“钧巧任钓”。使唤的只一个“犹子比儿”，叫做癞头鼋“愚蒙等诮”。〔内〕姑娘骂俺哩。俺是个妙人儿。〔净〕好不羞。“殆辱近耻”，到夸奖你“并皆佳妙”。〔内〕杜太爷皂隶拿姑娘哩。〔净〕为甚么？〔内〕说你是个贼道。〔净〕咳，便道那府牌来“杜藁钟隶”，把俺做女妖看“诛斩贼盗”。俺可也“散虑逍遥”，不用你这般“虚辉朗耀”。〔丑扮府差上〕“承差府堂上，提名仙观中。”〔见介〕〔净〕府牌哥为何而来？

【大迓鼓】〔丑〕府主坐黄堂，夫人传示，衙内敲梆。知他小姐年多长，染一疾，半年光。〔净〕俺不是女科。〔丑〕请你修斋，一会祈禳。

【前腔】〔净〕俺仙家有禁方。小小灵符，带在身傍。教他刻下人无恙。〔丑〕有这等灵符！快行动些。〔行介〕〔净〕叫童儿。〔内应介〕〔净〕好看守，卧云房。殿上无人，仔细灯香。

〔内〕知道了。

〔净〕紫微宫女夜焚香，王　建
〔丑〕古观云根路已荒。释皎然
〔净〕犹有真妃长命缕，司空图
〔丑〕九天无事莫推忙。曹　唐

第十八出 诊祟

【一江风】〔贴扶病旦上〕〔旦〕病迷厮。为甚轻憔悴？打不破愁魂谜。梦初回，燕尾翻风，乱飒起湘帘翠。春去偌多时，花容只顾衰。井梧声刮的我心儿碎。

〔行香子〕春香呵，我“楚楚精神，叶叶腰身，能禁多病逡巡！〔贴〕你星星措与，种种生成，有许多娇，许多韵，许多情。〔旦〕咳，咱弄梅心事，那折柳情人，梦淹渐暗老残春。〔贴〕正好簟炉香午，枕扇风清。知为谁颦，为谁瘦，为谁疼？”〔旦〕春香，我自春游一梦，卧病如今。不痒不疼，如痴如醉。知他怎生？〔贴〕小姐，梦儿里事，想他则甚！〔旦〕你教我怎生不想啊！

【金落索】贪他半晌痴，赚了多情泥。待不思量，怎不思量得？就里暗销肌，怕人知。嗽腔腔嫩喘微。哎哟，我这惯淹煎的样子谁怜惜？自噤窄的春心怎的支？心儿悔，悔当初一觉留春睡。〔贴〕老夫人替小姐冲喜。〔旦〕信他冲的个甚喜？到的年时，敢犯杀花园内？

【前腔】〔贴〕看他春归何处归，春睡何曾睡？气丝儿怎度的长天日？把心儿捧凑眉，病西施。小姐，梦去知他实实谁？病来只送的个虚虚的你。做行云先渴倒在巫阳会。全无谓，把单相思害得忒明昧。又不是困人天气，中酒心期，魆魆地常如醉。

〔末上〕“日下晒书嫌鸟迹，月中捣药要蟾酥。”我陈最良承公相命，来诊视小姐脉息。到此后堂，不免打叫一声。春香贤弟有么？〔贴见介〕是陈师父。小姐睡哩。〔末〕免惊动他。我自进去。〔见介〕小姐。〔旦作惊介〕谁？〔贴〕陈师父哩。〔旦扶起介〕〔旦〕师父，我学生患病。久失敬了。〔末〕学生，学生，古书有云：“学精于勤，荒于嬉。”你因为后花园汤风冒日，感下这疾，荒废书工。我为师的在外，寝食不安。幸喜老公相请来看病。也不料你清减至此。似这般样，几时能够起来读书？早则端阳节哩。〔贴〕师父，端节有你的。〔末〕我说端阳，难道要你粽子？小姐，望闻问切，我且问你病症因何？〔贴〕师父问什么！只因你讲《毛诗》，这病便是“君子好求”上来的。〔末〕是那一位君子？〔贴〕知他是那一位君子。〔末〕这般说，《毛诗》病用《毛诗》去医。那头一卷就有女科圣惠方在里。〔贴〕师父，可记的《毛诗》上方儿？〔末〕便依他处方。小姐害了“君子”的病，用的史君子。《毛诗》：“既见君子，云胡不瘳？”这病有了君子抽一抽，就抽好了。〔旦羞介〕哎也！〔贴〕还有甚药？〔末〕酸梅十个。《诗》云：“摽有梅，其实七兮”，又说：“其实三兮。”三个打七个，是十个。此方单医男女过时思酸之病。〔旦叹介〕〔贴〕还有呢？〔末〕

天南星三个。〔贴〕可少？〔末〕再添些。《诗》云："三星在天。"专医男女及时之病。〔贴〕还有呢？〔末〕俺看小姐一肚子火，你可抹净一个大马桶，待我用栀子仁、当归，泻下他火来。这也是依方："之子于归，言秣其马。"〔贴〕师父，这马不同那"其马"。〔末〕一样髀鞦窟洞下。〔旦〕好个伤风切药陈先生。〔贴〕做的按月通经陈妈妈。〔旦〕师父不可执方，还是诊脉为稳。〔末看脉，错按旦手背介〕〔贴〕师父，讨个转手。〔末〕女人反此背看之，正是王叔和《脉诀》。也罢，顺手看是。〔诊脉介〕呀，小姐脉息，到这个分际了。

【金索挂梧桐】他人才忒整齐，脉息恁微细。小小香闺，为甚伤憔悴？〔起介〕春香呵，似他这伤春怯夏肌，好扶持。病烦人容易伤秋意。小姐，我去咀药来。〔旦叹介〕师父，少不得情栽了窍髓针难入，病躲在烟花你药怎知？〔泣介〕承尊觑，何时何日来看这女颜回？〔合〕病中身怕的是惊疑。且将息，休烦絮。

〔旦〕师父且自在。送不得你了。可曾把俺八字推算么？〔末〕算来要过中秋好。"当生止有八个字，起死曾无三世医。"〔下〕〔贴〕一个道姑走来了。〔净上〕"不闻弄玉吹箫去，又见嫦娥窃药来。"自家紫阳宫石道姑便是。承杜老夫人呼唤，替小姐禳解。〔见贴介〕〔贴〕姑姑为何而来？〔净〕吾乃紫阳宫石道姑。承夫人命，替小姐禳解。不知害的甚病？〔贴〕鬼魆病。〔净〕为谁来？〔贴〕后花园耍来。〔净举三指，贴摇头介〕〔净举五指，贴又摇头介〕

〔净〕咳，你说是三是五，与他做主。〔贴〕你自问他去。〔净见旦介〕小姐，小姐，道姑稽首那。〔旦作惊介〕那里道姑？〔净〕紫阳宫石道姑。夫人有召，替小姐保禳。闻说小姐在后花园着魅，我不信。

【前腔】你惺惺的怎着迷？设设的浑如魅。〔旦作魇语介〕我的人那。〔净、贴背介〕你听他念念呢呢，作的风风势。是了，身边带有个小符儿。〔取旦钗挂小符，作咒介〕"赫赫扬扬，日出东方。此符屏却恶梦，辟除不祥。急急如律令敕。"〔插钗介〕这钗头小篆符，眠坐莫教离。把闲神野梦都回避。〔旦醒介〕咳，这符敢不中？我那人呵，须不是依花附木廉纤鬼。咱做的弄影团风抹媚痴。〔净〕再痴时，请个五雷打他。〔旦〕些儿意，正待携云握雨，你却用掌心雷。〔合前〕

〔净〕还分明说与，起个三丈高咒幡儿。〔旦〕待说个什么子好？

【尾声】依稀则记的个柳和梅。姑姑，你也不索打符桩挂竹枝，则待我冷思量，一星星咒向梦儿里。

〔贴扶旦下〕

〔贴〕绿惨双蛾不自持，步非烟
〔净〕道家妆束厌禳时。薛　能
〔旦〕如今不在花红处，僧怀濬
〔合〕为报东风且莫吹。李　涉

第十九出　牝贼

北【点绛唇】〔净扮李全引众上〕世扰膻风，家传杂种。刀兵动，这贼英雄，比不的穿墙洞。

“野马千蹄合一群，眼看江海尽风尘。汉儿学得胡儿语，又替胡儿骂汉人。”自家李全是也。本贯楚州人氏。身有万夫不当之勇。南朝不用，去而为盗。以五百人出没江淮之间，正无归着。所幸大金皇帝，遥封俺为溜金王。央我骚扰淮扬，看机进取。奈我多勇少谋。所喜妻子杨氏娘娘，能使一条梨花枪，万人无敌。夫妻上阵，大有威风。则是娘娘有些吃酸，但是掳的妇人，都要送他帐下。便是军士们，都只畏惧他。正是：“山妻独霸蛇吞象，海贼封王鱼变龙。”

【番卜算】〔丑扮杨婆持枪上〕百战惹雌雄，血映燕支重。〔舞介〕一枝枪洒落花风，点点梨花弄。

〔见举手介〕大王千岁。奴家介胄在身，不拜了。〔净〕娘娘，你可知大金皇帝，封俺做溜金王？〔丑〕怎么叫做溜金王？〔净〕溜者顺也。〔丑〕封你何事？〔净〕央俺骚扰淮扬三年。待俺兵粮齐集，一举渡江，灭了赵宋。那时还封俺为帝哩！〔丑〕有这等事！恭喜了。借此号令，买马招军。

【六幺令】和雷喧哄，紧辕门画鼓冬冬。哨尖儿飞过海云东。〔合〕好男女，坐当中，淮扬草木都惊动。

【前腔】聚粮收众。选高蹄战马青骢。闪盔缨斜簇玉钗红。〔合前〕

〔净〕群雄竞起向前朝，杜　甫

〔丑〕折戟沉沙铁未销。杜　牧

平原好牧无人放，曹　唐

白草连天野火烧。王　维

第二十出 闹殇

【金珑璁】〔贴上〕连宵风雨重，多娇多病愁中。仙少效，药无功。

“颦有为颦，笑有为笑。不颦不笑，哀哉年少。”春香侍奉小姐，伤春病到深秋。今夕中秋佳节，风雨萧条。小组病转沉吟，待我扶他消遣。正是：“从来雨打中秋月，更值风摇长命灯。”〔下〕

【鹊侨仙】〔贴扶病旦上〕拜月堂空，行云径拥，骨冷怕成秋梦。世间何物似情浓？整一片断魂心痛。

〔旦〕“枕函敲破漏声残，似醉如呆死不难。一段暗香迷夜雨，十分清瘦怯秋寒。”春香，病境沉沉，不知今夕何夕？〔贴〕八月半了。〔旦〕哎也，是中秋佳节哩。老爷，奶奶，都为我愁烦，不曾玩赏了？〔贴〕这都不在话下了。〔旦〕听见陈师父替我推命，要过中秋。看看病势转沉，今宵欠好。你为我开轩一望，月色如何？〔贴开窗，旦望介〕

【集贤宾】〔旦〕海天悠、问冰蟾何处涌？玉杵秋空，凭谁窃药把嫦娥奉？甚西风吹梦无踪！人去难逢，须不是神挑鬼弄。在眉峰，心坎里别是一般疼痛。

〔旦闷介〕

【前腔】〔贴〕甚春归无端厮和哄，雾和烟两不玲珑。算来人命关天重，会消详、直恁匆匆！为着谁侬，俏样子等闲抛送？待我谎他。姐姐，月上了。月轮空，敢蘸破你一床幽梦。

〔旦望叹介〕"轮时盼节想中秋，人到中秋不自由。奴命不中孤月照，残生今夜雨中休。"

【前腔】你便好中秋月儿谁受用？剪西风泪雨梧桐。楞生瘦骨加沉重。趱程期是那天外哀鸿。草际寒蛩，撒剌剌纸条窗缝。〔旦惊作昏介〕冷松松，软兀剌四梢难动。

〔贴惊介〕小姐冷厥了。夫人有请。〔老旦上〕"百岁少忧夫主贵，一生多病女儿娇。"我的儿，病体怎生了？〔贴〕奶奶，欠好，欠好。〔老旦〕可怎了！

【前腔】不堤防你后花园闲梦铳，不分明再不惺忪，睡临侵打不起头梢重。〔泣介〕恨不呵早早乘龙。夜夜孤鸿，活害杀俺翠娟娟雏凤。一场空，是这答里把娘儿命送。

【啭林莺】〔旦醒介〕甚飞丝缱的阳神动，弄悠扬风马叮咚。〔泣介〕娘，儿拜谢你了。〔拜跌介〕从小来觑的千金重，不孝女孝顺无终。娘呵，此乃天之数也。当今生花开一红，愿来生把萱椿再奉。〔众泣介〕〔合〕恨西风，一霎无端碎绿摧红。

【前腔】〔老旦〕并无儿、荡得个娇香种，绕娘前笑眼欢容。但成人索把俺高堂送。恨天涯老运孤穷。儿呵，暂时间月直年空，返将息你这心烦意冗。〔合前〕

〔旦〕娘，你女儿不幸，作何处置？〔老旦〕奔你回去也。儿！

【玉莺儿】〔旦泣介〕旅榇梦魂中，盼家山千万重。〔老旦〕便远也去。〔旦〕是不是听女孩儿一言。这后园中一株梅树，儿心所爱。但葬我梅树之下可矣。〔老旦〕这是怎的来？〔旦〕做不的病婵娟桂窟里长生，则分的粉骷髅向梅花古洞。〔老旦泣介〕看他强扶头泪濛，冷淋心汗倾，不如我先他一命无常用。〔合〕恨苍穹，妒花风雨，偏在月明中。

〔老旦〕还去与爹讲，广做道场也。儿，"银蟾谩捣君臣药，纸马重烧子母钱。"〔下〕〔旦〕春香，咱可有回生之日否？

【前腔】〔叹介〕你生小事依从，我情中你意中。春香，你小心奉事老爷奶奶。〔贴〕这是当的了。〔旦〕春香，我记起一事来。我那春容，题诗在上，外观不雅。葬我之后，盛着紫檀匣儿，藏在太湖石底。〔贴〕这是主何意儿？〔旦〕有心灵翰墨春容，傥直那人知重。〔贴〕姐姐宽心。你如今不幸，孤坟独影。肯将息起来，禀过老爷，但是姓梅姓柳秀才，招选一个，同生同死，可不美哉！〔旦〕怕等不得了。哎哟，哎哟！〔贴〕这病根儿怎攻，心上医怎逢？〔旦〕春香，我亡后，你常向灵位前叫唤我一声儿。〔贴〕他一星星说向咱伤情重。〔合前〕

〔旦昏介〕不好了，不好了，老爷奶奶快来！

【忆莺儿】〔外、老旦上〕鼓三鼕，愁万重。冷雨幽窗灯不红。听侍儿传言女病凶。〔贴泣介〕我的小姐，小姐！〔外、老旦同泣介〕我的儿呵，你舍的命终，抛的我途穷。当初只望把爹娘送。〔合〕

恨匆匆，萍踪浪影，风剪了玉芙蓉。

〔旦作醒介〕〔外〕快苏醒！儿，爹在此。〔旦作看外介〕哎哟，爹爹扶我中堂去罢。〔外〕扶你也，儿。〔扶介〕

【尾声】〔旦〕怕树头树底不到的五更风，和俺小坟边立断肠碑一统。爹，今夜是中秋。〔外〕是中秋也，儿。〔旦〕禁了这一夜雨。〔叹介〕怎能够月落重生灯再红！〔并下〕

〔贴哭上〕我的小姐，我的小姐，“天有不测之风云，人有无常之祸福。”我小姐一病伤春死了。痛杀了我家老爷、我家奶奶。列位看官们，怎了也！待我哭他一会。

【红衲袄】小姐，再不叫咱把领头香心字烧，再不叫咱把剔花灯红泪缴，再不叫咱拈花侧眼调歌鸟，再不叫咱转镜移肩和你点绛桃。想着你夜深深放剪刀，晓清清临画藁。提起那春容，被老爷看见了，怕奶奶伤情，分付殉了葬罢。俺想小姐临终之言，依旧向湖山石儿靠也，怕等得个拾翠人来把画粉销。

老姑姑，你也来了。〔净上〕你哭得好，我也来帮你。

【前腔】春香姐，再不教你暖朱唇学弄箫。〔贴〕为此。〔净〕再不和你荡湘裙闲斗草。〔贴〕便是。〔净〕小姐不在，春香姐也松泛多少。〔贴〕怎见得？〔净〕再不要你冷温存热絮叨，再不要你夜眠迟、朝起的早。〔贴〕这也惯了。〔净〕还有省气的所在。鸡眼睛不用你做嘴儿挑，马子儿不用你随鼻儿倒。〔贴啐介〕〔净〕还一件，小姐青春有了，没时间做出些儿也，那老夫人呵，少不的把你后花园打折腰。

〔贴〕休胡说！老夫人来也。〔老旦哭介〕我的亲儿。

【前腔】每日绕娘身有百十遭，并不见你向人前轻一笑。他背熟的班姬《四诫》从头学，不要得孟母三迁把气淘。也愁他软苗条忒恁娇，谁料他病淹煎真不好。〔哭介〕从今后谁把亲娘叫也，一寸肝肠做了百寸焦。

〔老旦闷倒，贴惊叫介〕老爷，痛杀了奶奶也。快来，快来！〔外哭上〕我的儿也，呀，原来夫人闷倒在此。

【前腔】夫人，不是你坐孤辰把子宿嚣，则是我坐公堂冤业报。较不似老仓公多女好。撞不着赛卢医他一病蹻。天，天，似俺头白中年呵，便做了大家缘何处消？见放着小门楣生折倒！夫人，你且自保重。便做你寸肠千断了也，则怕女儿呵，他望帝魂归不可招。

〔丑扮院公上〕"人间旧恨惊鸦去，天上新恩喜鹊来。"禀老爷，朝报高升。〔外看报介〕吏部一本，奉圣旨："金寇南窥，南安知府杜宝，可升安抚使，镇守淮扬。即日起程，不得违误。钦此。"〔叹介〕夫人，朝旨催人北往，女丧不便西归。院子，请陈斋长讲话。〔丑〕老相公有请。〔末上〕"彭殇真一壑，吊贺每同堂。"〔见介〕〔外〕陈先生，小女长谢你了。〔末哭介〕正是。苦伤小姐仙逝，陈最良四顾无门。所喜老公相乔迁，陈最良一发失所。〔众哭介〕〔外〕陈先生有事商量。学生奉旨，不得久停。因小女遗言，就葬后园梅树之下，又恐不便后官居住，已分付割取后园，起座梅花庵观，安置小女神位。就着这石道姑焚修看守。那道姑可承应的来？〔净跪介〕老道婆添香换水。但往来看顾，还得一人。〔老旦〕就烦陈斋长为便。〔末〕老夫人有命，情愿效劳。〔老旦〕老爷，须置些祭田才好。〔外〕有漏泽院二顷虚田，拨资香火。〔末〕这漏泽院田，就漏在生员身上。〔净〕咱号道姑，堪收稻谷。你是陈绝粮，漏不到你。〔末〕秀才口吃十一方，你是姑姑，我还是孤老，偏不该我收粮？〔外〕不消争，陈先生收给。陈先生，我在此数年，优待学校。〔末〕都知道。便是老公相高升，旧规有诸生遗爱记、生祠碑文，到京伴礼送人为妙。〔净〕陈绝粮，遗爱记是老爷遗下与令爱作表记么？〔末〕是老公相政迹歌谣。什么“令爱”！〔净〕怎么叫做生祠？〔末〕大祠宇塑老爷像供养，门上写着：“杜公之祠”。〔净〕这等不如就塑小姐在傍，我普同供养。〔外恼介〕胡说！但是旧规，我通不用了。

【意不尽】陈先生，老道姑，咱女坟儿三尺暮云高，老夫妻一言相靠。不敢望时时看守，则清明寒食一碗饭儿浇。

〔外〕魂归冥漠魄归泉，朱　褒
〔老〕使汝悠悠十八年。曹　唐
〔末〕一叫一回肠一断，李　白
〔合〕如今重说恨绵绵。张　籍

第二十一出　谒遇

【光光乍】〔老旦扮僧上〕一领破袈裟，香山嶴里巴。多生多宝多菩萨，多多照证光光乍。

小僧广州府香山嶴多宝寺一个住持。这寺原是番鬼们建造，以便迎接收宝官员。兹有钦差苗爷任满，祭宝于多宝菩萨位前，不免迎接。

【挂真儿】〔净扮苗舜宾，末扮通事，外、贴扮皂卒，丑扮番鬼上〕半壁天南开海汊，向真珠窟里排衙。〔僧接介〕〔合〕广利神王，善财天女，听梵放海潮音下。

〔净〕“铜柱珠崖道路难，伏波横海旧登坛。越人自贡珊瑚树，汉使何劳獬豸冠？”自家钦差识宝使臣苗舜宾便是。三年任满，例当祭赛多宝菩萨。通事那里？〔末见介〕〔丑见介〕伽喇喇。〔老旦见介〕〔净〕叫通事，分付番回献宝。〔末〕俱已陈设。〔净起看宝介〕奇哉宝也。真乃磊落山川，精荧日月。多宝寺不虚名矣！看香。〔内鸣钟，净礼拜介〕

【亭前柳】〔净〕三宝唱三多，七宝妙无过。庄严成世界，光彩遍娑婆。甚多，功德无边阔。〔合〕领拜南无，多得宝，宝多罗多罗。

〔净〕和尚，替番回海商，祝赞一番。

【前腔】〔老旦〕大海宝藏多，船舫遇风波。商人持重宝，险路怕经过。刹那，念彼观音脱。〔合前〕

【挂真儿】〔生上〕望长安西日下，偏吾生海角天涯。爱宝的喇嘛，抽珠的佛法，滑琉璃两下难拿。

自笑柳梦梅，一贫无赖，弃家而游。幸遇钦差寺中祭宝，托词进见。倘言语中间，可以打动，得其赈援，亦未可知。〔见外介〕〔生〕烦大哥通报一声。广州府学生员柳梦梅，来求看宝。〔报介〕〔净〕朝廷禁物，那许人观。既系斯文，权请相见。〔见介〕〔生〕"南海开珠殿。〔净〕西方掩玉门。〔生〕剖怀俟知己。〔净〕照乘接贤人。"敢问秀才以何至此？〔生〕小生贫苦无聊。闻得老大人在此赛宝，愿求一观，以开怀抱。〔净笑介〕既逢南土之珍，何惜西昆之秘。请试一观。〔净引生看宝介〕〔生〕明珠美玉，小生见而知之。其间数种，未委何名？烦老大人一一指教。

【驻云飞】〔净〕这是星汉神砂，这是煮海金丹和铁树花。少什么猫眼精光射，母碌通明差。嗏，这是靺鞨柳金芽，这是温凉玉斝，这是吸月的蟾蜍，和阳燧冰盘化。〔生〕我广南有明月珠，珊瑚树。〔净〕径寸明珠等让他，便是几尺珊瑚碎了他。

〔生〕小生不游大方之门，何因睹此！

【前腔】天地精华，偏出在番回到帝子家。禀问老大人，这宝

红雨数番春落魄，

山香一曲女消魂。

来路多远？〔净〕有远三万里的，至少也有一万多程。〔生〕这般远，可是飞来、走来？〔净笑介〕那有飞走而至之理。都因朝廷重价购求，自来贡献。〔生叹介〕老大人，这宝物蠢尔无知，三万里之外，尚然无足而至；生员柳梦梅，满胸奇异，到长安三千里之近，倒无一人购取，有脚不能飞！他重价高悬下，那市舶能奸诈，嗏，浪把宝船捽。〔净〕疑惑这实物欠真么？〔生〕老大人，便是真，饥不可食，寒不可衣，看他似虚舟飘瓦。〔净〕依秀才说，何为真宝？〔生〕不欺，小生到是个真正献世宝。我若载宝而朝，世上应无价。〔净笑介〕则怕朝廷之上，这样献世宝也多着。〔生〕但献宝龙宫笑杀他，便斗宝临潼也赛得他。

〔净〕这等便好献与圣天子了。〔生〕寒儒薄相，要伺候官府，尚不能够。怎见的圣天子？〔净〕你不知到是圣天子好见。〔生〕则三千里路资难处。〔净〕一发不难。古人黄金赠壮士，我将衙门常例银两，助君远行。〔生〕果尔，小生无父母妻子之累，就此拜辞。〔净〕左右，取书仪，看酒。〔丑上〕“广南爱吃荔枝酒，直北偏飞榆荚钱。”酒到，书仪在此。〔净〕路费先生收下。〔生〕谢了。〔净送酒介〕

【三学士】你带微醺走出这香山罅，向长安有路荣华。〔生〕无过献宝当今驾，撒去收来再似他。〔合〕骤金鞭及早把荷衣挂，望归来锦上花。

【前腔】〔生〕则怕呵，重瞳有眼苍天瞎，似波斯赏鉴无差。〔净〕由来宝色无真假，只在淘金的会拣沙。〔合前〕

〔生〕告行了。

【尾声】你赠壮士黄金气色佳。〔净〕一杯酒酸寒奋发，则愿的你呵，宝气冲天海上槎。

〔生〕乌纱巾上是青天，司空图
〔净〕俊骨英才气俨然。刘长卿
〔生〕闻道金门堪济美，张南史
〔净〕临行赠汝绕朝鞭。李　白

第二十二出　旅寄

【捣练子】〔生伞、袱，病容上〕人出路，鸟离巢。〔内风声介〕搅天风雪梦牢骚。这儿日精神寒冻倒。

“香山嶴里打包来，三水船儿到岸开。要寄乡心值寒岁，岭南南上半枝梅。”我柳梦梅。秋风拜别中郎，因循亲友辞饯。离船过岭，早是暮冬。不堤防岭北风严，感了寒疾，又无扫兴而回之理。一天风雪，望见南安。好苦也！

【山坡羊】树槎牙饿鸢惊叫，岭迢遥病魂孤吊。破头巾雹打风筛，透衣单伞做张儿哨。路斜抄，急没个店儿捎。雪儿呵，偏则把白面书生奚落。怎生冰凌断桥，步高低蹬着。好了。有一株柳，酬将过去。方便处柳跎腰。〔扶柳过介〕虚嚣，尽枯杨命一条。蹊跷，滑喇沙跌一交。〔跌介〕

【步步娇】〔末上〕俺是个卧雪先生没烦恼。背上驴儿笑，心知第五桥。那里开年有斋村学！〔生作哎呀介〕〔末〕怎生来人怨语声高？〔看介〕呀，甚城南破瓦窑，闪下个精寒料。

〔生〕救人，救人！〔末〕我陈最良，为求馆冲寒到此。彩头儿恰遇着吊水之人，且由他去。〔生又叫介〕救人！〔末〕听说救人，那里不是积福处。俺试问他。〔问介〕你是何等之人，失脚在此？〔生〕俺是读书之人。〔末〕委是读书之人，待俺扶起你来。〔末扶生，相跌，诨介〕〔末〕请问何方至此？

【风入松】〔生〕五羊城一叶过南韶，柳梦梅来献宝。〔末〕有何宝货？〔生〕我孤身取试长安道，犯严寒少衾单病了。没揣的逗着断桥溪道，险跌折柳郎腰。

〔末〕你自揣高中的，方可去受这等辛苦。〔生〕不瞒说，小生是个擎天柱，架海梁。〔末笑介〕却怎生冻折了擎天柱，扑倒了紫金梁？这也罢了，老夫颇谙医理。边近有梅花观，权将息度岁而行。

【前腔】〔末〕尾生般抱柱正题桥，做倒地文星佳兆。论草包似俺堪调药，暂将息梅花观好。〔生〕此去多远？〔末指介〕看一树雪垂垂如笑，墙直上绣幡飘。

〔生〕这等望先生引进。

〔生〕三十无家作路人，薛　据
〔末〕与君相见即相亲。王　维
〔生〕华阳洞里仙坛上，白居易
〔合〕似近东风别有因。罗　隐

第二十三出　冥判

北【点绛唇】〔净扮判官，丑扮鬼持笔、簿上〕十地宣差，一天封拜。阎浮界，阳世栽埋，又把俺这里门桯迈。

自家十地阎罗王殿下一个胡判官是也。原有十位殿下，因阳世赵大郎家，和金达子争占江山，损折众生，十停去了一停，因此玉皇上帝，照见人民稀少，钦奉裁减事例。九州九个殿下，单减了俺十殿下之位，印无归着。玉帝可怜见下官正直聪明，着权管十地狱印信。今日走马到任，鬼卒夜叉，两傍刀剑，非同容易也。〔丑捧笔介〕新官到任，都要这笔判刑名，押花字。请新官喝采他一番。〔净看笔介〕鬼使，捧了这笔，好不干系也。

【混江龙】这笔架在那落迦山外，肉莲花高耸案前排。捧的是功曹令史，识字当该。〔丑〕笔管儿？〔净〕笔管儿是手想骨、脚想骨，竹筒般剉的圆滴溜。〔丑〕笔毫？〔净〕笔毫呵，是牛头须、夜叉发，铁丝儿揉定赤支毸。〔丑〕判爷上的选哩？〔净〕这笔头公，是遮须国选的人才。〔丑〕有甚名号？〔净〕这管城子，在夜郎城受了封拜。〔丑〕判爷兴哩？〔净作笑舞介〕啸一声，支兀另汉钟馗其冠不正。舞一回，疏喇沙斗河魁近墨者黑。〔丑〕喜哩？〔净〕喜时节，涂河桥题笔儿要去。〔丑〕闷呵？〔净〕闷时节，鬼门关投笔归来。〔丑〕判爷可上榜来？〔净〕俺也曾考神祇，朔望旦名题天榜。〔丑〕可会书来？〔净〕摄星辰，井鬼宿，俺可也文会书斋。〔丑〕判爷高才。〔净〕做弗迭鬼仙才，白玉楼摩空作赋；陪得过风月主，芙蓉城遇晚书怀。便写不尽四大洲转轮日月，也差的着五瘟使号令风雷。〔丑〕判爷见有地分？〔净〕有地分，则合北斗司、阎浮殿，立俺边傍；没衙门，却怎生东岳观、城隍庙，也塑人左侧。〔丑〕让谁？〔净〕便百里城高捧手，让大菩萨，好相庄严乘坐位。〔丑〕恼谁？〔净〕怎三尺土，低分气，对小鬼卒，清奇古怪立基阶。〔丑〕纱帽古气些。〔净〕但站脚，一管笔、一本簿，尘泥轩冕。〔丑〕笔干了。〔净〕要润笔，十锭金、十贯钞，纸陌钱财。〔丑〕点鬼簿在此。〔净〕则见没掂三展花分鱼尾册，无赏一挂日子虎头牌。真乃是鬼董狐落了款，《春秋传》某年某月某日下，崩薨葬卒大注脚。假如他支祈兽上了样，把禹王鼎各山各水各路上，魍魉魑魅细分腮。〔丑〕待俺磨墨。〔净〕看他子时砚，忔忔察察，乌龙蘸眼显精神。〔丑〕鸡唱了。〔净〕听丁字牌，冬冬登登，金鸡翦梦追魂魄。〔丑〕禀爷点卷。〔净〕但点上格子眼，串出四万八千三界，有漏人名，乌星炮粲。怎按下笔尖头，插入一百四十二重无间地狱，铁树花开。〔丑〕大押花。〔净〕哎也，押花字，止不过发落簿剉、烧、舂、磨一灵儿。〔丑〕少一个请字。

〔净〕登请书，左则是那虚无堂，瘫、痨、蛊、膈四正客。〔丑〕吊起称竿来。〔众卒应介〕〔净〕发称竿，看业重身轻，衡石程书秦狱吏。〔内作"哎哟"，叫"饶也，若也"介〕〔丑〕隔壁九殿下拷鬼。〔净〕肉鼓吹，听神啼鬼哭，毛钳刀笔汉乔才。这时节呵，你便是没关节包待制、"人厌其笑"。〔内哭介〕恁风景，谁听的无棺椁颜修文、"子哭之哀"！〔丑〕判爷害怕哩。〔净恼介〕哎，《楼炭经》，是俺六科五判。刀花树，是俺九棘三槐。脸娄搜风髯赳赳。眉剔竖电目崖崖。少不得中书鬼考，录事神差。比着阳世那金州判、银府判、铜司判、铁院判，白虎临官，一样价打贴刑名催伍作；实则俺阴府里注湿生，牒化生，准胎生，照卵生，青蝇报赦，十分的磊齐功德转三阶。威凛凛人间掌命，颤巍巍天上消灾。

叫掌案的，这簿上开除都也明白。还有几宗人犯，应该发落了？〔贴扮吏上〕"人间勾令史，地下列功曹。"禀爷，因缺了殿下，地狱空虚三年。则有枉死城中轻罪男子四名，赵大、钱十五、孙心、李猴儿；女囚一名，杜丽娘：未经发落。〔净〕先取男犯四名。〔生、末、外、老旦扮四犯，丑押上〕〔丑〕男犯带到。〔净点名介〕赵大有何罪业，脱在枉死城？〔生〕鬼犯没甚罪。生前喜歌唱些。〔净〕一边去。叫钱十五。〔末〕鬼犯无罪。则是做了一个小小房儿，沈香泥壁。〔净〕一边去。叫孙心。〔老旦〕鬼犯些小年纪，好使些花粉钱。〔净〕叫李猴儿。〔外〕鬼犯是有些罪，好男风。〔丑〕是真。便在地狱里，还勾上这小孙儿。〔净恼介〕谁叫你插嘴！起去伺候。〔做写簿介〕叫鬼犯听发落。〔四犯同跪介〕〔净〕俺初权印，且不用刑。赦你们卵生去罢。〔外〕鬼犯们禀问恩爷，这个卵是什么卵？若是回回卵，又生在边方去了。〔净〕哇，还想人身？向蛋壳里走去。〔四犯泣介〕哎。被人宰了！〔净〕也罢，不教阳间宰吃你。赵大喜歌唱，贬做黄莺儿。〔生〕好了。做莺莺小姐去。〔净〕钱十五住香泥房子。也罢，准你去燕窠里受用，做个小小燕儿。〔末〕恰好做飞燕娘娘哩。〔净〕孙心使花粉钱，做个蝴蝶儿。〔外〕鬼犯便和孙心同做蝴蝶去。〔净〕你是那好男风的李猴，着你做蜜蜂儿去，屁窟里长拖一个针。〔外〕哎哟，叫俺钉谁去？〔净〕四位虫儿听分付：

【油葫芦】蝴蝶呵，你粉版花衣胜翦裁；蜂儿呵，你忒利害，甜口儿咋着细腰捱；燕儿呵，斩香泥弄影钩帘内；莺儿呵，溜笙歌警梦纱窗外：恰好个花间四友无拘碍。则阳世里孩子们轻薄，怕弹珠儿打的呆，扇梢儿扑的坏，不枉了你宜题入画高人爱，则教你翅挪儿展将春色闹场来。

〔外〕俺做蜂儿的不来，再来钉肿你个判官脑。〔净〕讨打。〔外〕可怜见小性命。〔净〕罢了。顺风儿放去，快走快走。〔净噀气介〕〔四人做各色飞下〕〔净做向鬼门嘘气吷声介〕〔丑带旦上〕“天台有路难逢俺，地狱无情欲恨谁？”女鬼见。〔净抬头背介〕这女鬼到有几分颜色！

【天下乐】猛见了荡地惊天女俊才，咍也么咍，来俺里来。〔旦叫苦介〕〔净〕血盆中叫苦观自在。〔丑耳语介〕判爷，权收做个后房夫人。〔净〕唗，有天条，擅用囚妇者斩。则你那小鬼头胡乱筛，俺判官头何处买？〔旦叫哎介〕〔净回身〕是不曾见他粉油头忒弄色。

叫那女鬼上来。

【那吒令】瞧了你润风风粉腮，到花台、酒台？溜些些短钗，过歌台、舞台？笑微微美怀，住秦台、楚台？因甚的病患来？是谁家嫡支派？这颜色不像似在泉台。

〔旦〕女囚不曾过人家，也不曾饮酒，是这般颜色。则为在南安府后花园梅树之下，梦见一秀才，折柳一枝，要奴题咏。留连婉转，甚是多情。梦醒来沉吟，题诗一首："他年若傍蟾宫客，不是梅边是柳边。"为此感伤，坏了一命。〔净〕谎也。世有一梦而亡之理？

【鹊踏枝】一溜溜女婴孩，梦儿里能宁耐！谁曾挂圆梦招牌，谁和你拆字道白？哈也么哈，那秀才何在？梦魂中曾见谁来？

〔旦〕不曾见谁。则见朵花儿闪下来，好一惊。〔净〕唤取南安府后花园花神勘问。〔丑叫介〕〔末扮花神上〕"红雨数番春落魄，《山香》一曲女消魂。"老判大人请了。〔举手介〕〔净〕花神，这女鬼说是后花园一梦，为花飞惊闪而亡。可是？〔末〕是也。他与秀才梦的绵缠，偶尔落花惊醒。这女子慕色而亡。〔净〕敢便是你花神假充秀才，迷误人家女子？〔末〕你说俺着甚迷他来？〔净〕你说俺阴司里不知道呵！

【后庭花滚】但寻常春自在，恁司花忒弄乖。眨眼儿偷元气艳楼台。克性子费春工淹酒债。恰好九分态，你要做十分颜色。数着你那胡弄的花色儿来。〔末〕便数来。碧桃花。〔净〕他惹天台。〔末〕红梨花。〔净〕扇妖怪。〔末〕金钱花。〔净〕下的财。〔末〕绣球花。〔净〕结得彩。〔末〕芍药花。〔净〕心事谐。〔末〕木笔花。〔净〕写明白。〔末〕水菱花。〔净〕宜镜台。〔末〕玉簪花。〔净〕堪插戴。〔末〕蔷薇花。〔净〕露渲腮。〔末〕腊梅花。〔净〕春点额。〔末〕翦春花。〔净〕罗袂裁。〔末〕水仙花。〔净〕把绫袜踹。〔末〕灯笼花。〔净〕红影筛。〔末〕酴醾花。〔净〕春醉态。〔末〕金盏花。〔净〕做合卺杯。〔末〕锦带花。〔净〕做裙褶带。〔末〕合欢花。〔净〕头懒抬。〔末〕杨柳花。〔净〕腰恁摆。〔末〕凌霄花。〔净〕阳壮的咍。〔末〕辣椒花。〔净〕把阴热窄。〔末〕含笑花。〔净〕情要来。〔末〕红葵花。〔净〕日得他爱。〔末〕女萝花。〔净〕缠的歪。〔末〕紫薇花。〔净〕痒的怪。〔末〕宜男花。〔净〕人美怀。〔末〕丁香花。〔净〕结半跚。〔末〕豆蔻花。〔净〕含着胎。〔末〕奶子花。〔净〕摸着奶。〔末〕栀子花。〔净〕知趣乖。〔末〕柰子花。〔净〕恣情奈。〔末〕枳壳花。〔净〕好处揩。〔末〕海棠花。〔净〕春困怠。〔末〕孩儿花。〔净〕呆笑孩。〔末〕姊妹花。〔净〕偏妒色。〔末〕水红花。〔净〕了不开。〔末〕瑞香花。〔净〕谁要采？〔末〕旱莲花。〔净〕怜再来。〔末〕石榴花。〔净〕可留得在？几桩儿你自猜。哎，把天公无计策。你道为什么流动了女裙钗，划地里牡丹亭又把他杜鹃花魂魄洒？

〔末〕这花色花样，都是天公定下来的。小神不过遵奉钦依，岂有故意勾人之理？且看多少女色，那有玩花而亡。〔净〕你说自来女色，没有玩花而亡。数你听着。

【寄生草】花把青春卖，花生锦绣灾。有一个夜舒莲，扯不住留仙带；一个海棠丝，翦不断香囊怪；一个瑞香风赶不上非烟在。你道花容那个玩花亡？可不道你这花神罪业随花败。

〔末〕花神知罪，今后再不开花了。〔净〕花神，俺这里已发落过花间四友，付你收管。这女囚慕色而亡，也贬在燕莺队里去罢。〔末〕禀老判，此女犯乃梦中之罪，如晓风残月。且他父亲为官清正，单生一女，可以耽饶。〔净〕父亲是何人？〔旦〕父亲杜宝知府，今升淮扬总制之职。〔净〕千金小姐哩。也罢，杜老先生分上，当奏过天庭，再行议处。〔旦〕就烦恩官替女犯查查，怎生有此伤感之事？〔净〕这事情注在断肠薄上。〔旦〕劳再查女犯的丈夫，还是姓柳姓梅？〔净〕取婚姻簿查来。〔作背查介〕是。有个柳梦梅，乃新科状元也。妻杜丽娘，前系幽欢，后成明配。相会在红梅观中。不可泄漏。〔回介〕有此人和你姻缘之分。我今放你出了枉死城，随风游戏，跟寻此人。〔末〕杜小姐，拜了老判。〔旦叩头介〕拜谢恩官，重生父母。则俺那爹娘在扬州，可能勾一见？〔净〕使得。

【幺篇】他阳禄还长在，阴司数未该。禁烟花一种春无赖，近柳梅一处情无外。望椿萱一带天无碍。则这水玻璃，堆起望乡台，可哨见纸铜钱，夜市扬州界？

花神，可引他望乡台随意观玩。〔旦随末登台，望扬州哭介〕那是扬州，俺爹爹奶奶呵，待飞将去。〔末扯住介〕还不是你去的时节。〔净〕下来听分付。功曹给一纸游魂路引去，花神休坏了他的肉身也。〔旦〕谢恩官。

【赚尾】〔净〕欲火近干柴，且留的青山在，不可被雨打风吹日晒。则许你傍月依星将天地拜，一任你魂魄来回。脱了狱省的勾牌，接着活免的投胎。那花间四友你差排，叫莺窥燕猜，倩蜂媒蝶采，敢守的那破棺星圆梦那人来。

〔净下〕〔末〕小姐回后花园去来。

〔末〕醉斜乌帽发如丝，许　浑
〔旦〕尽日灵风不满旗。李商隐
〔净〕年年检点人间事，罗　邺
〔合〕为待萧何作判司。元　稹

第二十四出　拾画

【金珑璁】〔生上〕惊春谁似我？客途中都不问其他。风吹绽蒲桃褐，雨淋殷杏子罗。今日晴和，晒衾单兀自有残云涴。

“脉脉梨花春院香，一年愁事费商量。不知柳思能多少？打叠腰肢斗沈郎。”小生卧病梅花观中，喜得陈友知医，调理痊可。则这几日间春怀郁闷，何处忘忧？早是老姑姑到也。

【一落索】〔净上〕无奈女冠何，识的书生破。知他何处梦儿多？每日价欠伸千个。

秀才安稳！〔生〕日来病患较些，闷坐不过。偌大梅花观，少甚园亭消遣。〔净〕此后有花园一座，虽然亭榭荒芜，颇有闲花点缀。则留散闷，不许伤心。〔生〕怎的得伤心也！〔净作叹介〕是这般说。你自去游便了。从西廊转画墙而去，百步之外，便是篱门。三里之遥，都为池馆。你尽情玩赏，竟日消停，不索老身陪去也。“名园随客到，幽恨少人知。”〔下〕〔生〕既有后花园，就此迤逦而去。〔行介〕这是西廊下了。〔行介〕好个葱翠的篱门，倒了半架。〔叹介〕〔集唐〕“凭阑仍是玉阑干王初，四面墙垣不忍看张隐。想得当时好风月韦庄，万条烟罩一时干李山甫。”

〔到介〕呀，偌大一个园子也。

【好事近】则见风月暗消磨，画墙西正南侧左。〔跌介〕苍苔滑擦，倚逗着断垣低垛，因何蝴蝶门儿落合？原来以前游客颇盛，题名在竹林之上。客来过，年月偏多，刻画尽琅玕千个。咳，早则是寒花绕砌，荒草成窠。

怪哉，一个梅花观，女冠之流，怎起的这座大园子？好疑惑也。

便是这湾流水呵！

【锦缠道】门儿锁，放着这武陵源一座。恁好处教颓堕！断烟中见水阁摧残，画船抛躲，冷鞦韆尚挂下裙拖。又不是曾经兵火，似这般狼籍呵，敢断肠人远、伤心事多？待不关情么，恰湖山石畔留着你打磨陀。

好一座山子哩。〔窥介〕呀，就里一个小匣儿。待把左侧一峰靠着，看是何物？〔作石倒介〕呀，是个檀香匣儿。〔开匣看画介〕呀，一幅观世音喜相。善哉，善哉！待小生捧到书馆，顶礼供养，强如埋在此中。

【千秋岁】〔捧匣回介〕小嵯峨，压的旃檀合，便做了好相观音俏楼阁。片石峰前，那片石峰前，多则是飞来石，三生因果。请将去炉烟上过，头纳地，添灯火，照的他慈悲我。俺这里尽情供养，他于意云何？〔到介〕

到了观中，且安置阁儿上，择日展礼。〔净上〕柳相公多早了！

【尾声】〔生〕姑姑，一生为客恨情多，过冷澹园林日午矬。

老姑姑，你道不许伤心，你为俺再寻一个定不伤心何处可。

〔生〕僻居虽爱近林泉，伍　乔

〔净〕早是伤春梦雨天。韦　庄

〔生〕何处邈将归画府？谭用之

〔合〕三峰花半碧堂悬。钱　起

第二十五出　忆女

【玩仙灯】〔贴上〕睹物怀人，人去物华销尽。道的个"仙果难成，名花易陨"。〔叹介〕恨兰昌殉葬无因，收拾起烛灰香烬。

自家杜府春香是也。跟随公相夫人到扬州。小姐去世，将次三年。俺看老夫人那一日不作念，那一日不悲啼。纵然老公相暂时宽解，怎散真愁？莫说老夫人，便是俺春香想起小姐平常恩养，病里言词，好不伤心也。今乃小姐生忌之辰，老夫人分付香灯，遥望南安浇奠。早已安排。夫人，有请。

【前腔】〔老旦上〕地老天昏，没处把老娘安顿。思量起举目无亲，招魂有尽。〔哭介〕我的丽娘儿也！在天涯老命难存，割断的肝肠寸寸。

〔苏幕遮〕"岭云沉，关树杳。〔贴〕春思无凭，断送人年少。〔老旦〕子母千回肠断绕。绣夹书囊，尚带余香袅。〔贴〕瑞烟清，银烛皎。〔老旦〕绣佛灵辰，血泪风前祷。〔哭介〕〔合〕万里招魂魂可到？则愿的人天净处超生早。"〔老旦〕春香，自从小姐亡过，俺皮骨空存，肝肠痛尽。但见他读残书本，绣罢花枝，断粉零香，

他青梅在手诗细哦，

逗春心一点蹉跎。

小生待画饼充饥，

小姐似望梅止渴。

余簪弃履，触处无非泪眼，见之总是伤心。算来一去三年，又是生辰之日。心香奉佛，泪烛浇天。分付安排，想已齐备。〔贴〕夫人，就此望空顶礼。〔老旦拜介〕〔集唐〕“微香冉冉泪涓涓李商隐，酒滴灰香似去年陆龟蒙。四尺孤坟何处是许浑？南方归去再生天沈佺期。”杜安抚之妻甄氏，敬为亡女生辰，顶礼佛爷。愿得杜丽娘皈依佛力，早早生天。〔起介〕春香，祷告了佛爷，不免将此茶饭，浇奠小姐。

【香罗带】〔老旦〕丽娘何处坟？问天难问。梦中相见得眼儿昏，则听的叫娘的声和韵也，惊跳起，猛回身，则见阴风几阵残灯晕。〔哭介〕俺的丽娘人儿也，你怎抛下的万里无儿白发亲！

【前腔】〔贴拜介〕名香叩玉真，受恩无尽，赏春香还是你旧罗裙。〔起介〕小姐临去之时，分付春香，长叫唤一声。今日叫他，“小姐，小姐呵”，叫的一声声小姐可曾闻也？〔老旦、贴哭介〕〔合〕想他那情切，那伤神，恨天天生割断俺娘儿直恁忍！〔贴回介〕俺的小姐人儿也，你可还向旧宅里重生何处身？

〔贴跪介〕禀老夫人，人到中年，不堪哀毁。小姐难以生易死，夫人无以死伤生。且自调养尊年，与老相公同享富贵。〔老旦哭介〕春香，你可知老相公年来因少男儿，常有娶小之意？止因小姐承欢膝下，百事因循。如今小姐丧亡，家门无托。俺与老相公闷怀相对，何以为情？天呵！〔贴〕老夫人，春香愚不谏贤，依夫人所言，既然老相公有娶小之意，不如顺他，收下一房，生子为便。〔老旦〕春香，你见人家庶出之子，可如亲生？〔贴〕

春香但蒙夫人收养，尚且非亲是亲，夫人肯将庶出看成，岂不无子有子？〔老旦〕好话，好话。

〔老〕曾伴残蛾到女儿，徐　凝
〔贴〕白杨今日几人悲。杜　甫
〔老〕须知此恨消难得，温庭筠
〔合〕泪滴寒塘蕙草时。廉　氏

第二十六出　玩真

〔生上〕“芭蕉叶上雨难留，芍药梢头风欲收。画意无明偏着眼，春光有路暗抬头。”小生客中孤闷，闲游后园。湖山之下，拾得一轴小画，似是观音大士，宝匣庄严。风雨淹旬，未能展视。且喜今日晴和，瞻礼一会。〔开匣，展画介〕

【黄莺儿】秋影挂银河，展天身，自在波。诸般好相能停妥。他真身在补陀，咱海南人遇他。〔想介〕甚威光不上莲花座？再延俄，怎湘裙直下一对小凌波？

是观音，怎一对小脚儿？待俺端详一会。

【二郎神慢】些儿个，画图中影儿则度。着了，敢谁书馆中吊下幅小嫦娥，画的这俜停倭妥。是嫦娥，一发该顶戴了。问嫦娥折桂人有我？可是嫦娥，怎影儿外没半朵祥云托？树皴儿又不似桂丛花琐？不是观音，又不是嫦娥，人间那得有此？成惊愕，似曾相识，向俺心头摸。

待俺瞧，是画工临的，还是美人自手描的？

【莺啼序】问丹青何处娇娥，片月影光生毫末？似恁般一个人儿，早见了百花低躲。总天然意态难模，谁近得把春云淡破？想来画工怎能到此！多敢他自己能描会脱。

且住，细观他帧首之上，小字数行。〔看介〕呀，原来绝句一首。〔念介〕“近睹分明似俨然，远观自在若飞仙。他年得傍蟾宫客，不在梅边在柳边。”呀，此乃人间女子行乐图也。何言“不在梅边在柳边”？奇哉怪事哩！

【集贤宾】望关山梅岭天一抹，怎知俺柳梦梅过？得傍蟾宫知怎么？待喜呵，端详停和，俺姓名儿直么费嫦娥定夺？打摩诃，敢则是梦魂中真个？

好不回盼小生！

【黄莺儿】空影落纤娥，动春蕉，散绮罗。春心只在眉间锁，春山翠拖，春烟淡和。相看四目谁轻可！恁横波，来回顾影不住的眼儿睃。

却怎半枝青梅在手，活似提掇小生一般？

【啼莺序】他青梅在手诗细哦，逗春心一点蹉跎。小生待画饼充饥，小姐似望梅止渴。小姐，小姐，未曾开半点幺荷，含笑处朱唇淡抹，韵情多。如愁欲语，只少口气儿呵。

小娘子画似崔徽，诗如苏蕙，行书逼真卫夫人。小子虽则典雅，怎到得这小娘子！蓦地相逢，不免步韵一首。〔题介〕“丹青妙处却天然，不是天仙即地仙。欲傍蟾宫人近远，恰些春在柳梅边。”

【簇御林】他能绰斡，会写作。秀入江山人唱和。待小生狠狠叫他几声：“美人，美人！姐姐，姐姐！”向真真啼血你知么？

叫的你喷嚏似天花唾。动凌波，盈盈欲下——不见影儿那。

咳，俺孤单在此，少不得将小娘子画像，早晚玩之、拜之，叫之、赞之。

【尾声】拾的个人儿先庆贺，敢柳和梅有些瓜葛？小姐，小姐，则被你有影无形看杀我。

不须一向恨丹青，白居易
堪把长悬在户庭。伍　乔
惆怅题诗柳中隐，司空图
添成春醉转难醒。章　碣

第二十七出　魂游

【挂真儿】〔净扮石道姑上〕台殿重重春色上。碧雕阑映带银塘。扑地香腾，归天磬响。细展度人经藏。

〔集唐〕“几年红粉委黄泥雍裕之，十二峰头月欲低李涉。折得玫瑰花一朵李建勋，东风吹上窈娘堤罗虬。”俺老道姑看守杜小姐坟庵，三年之上。择取吉日，替他开设道场，超生玉界。早已门外竖立招幡，看有何人来到。

【太平令】〔贴扮小道姑，丑扮徒弟上〕岭路江乡，一片彩云扶月上。羽衣青鸟闲来往。〔丑〕天晚，梅花观歇了罢。〔贴〕南枝外有鹊炉香。

小道姑乃韶阳郡碧云庵主是也，游方到此。见他庄严幡引，榜示道场，恰好登坛，共成好事。〔见介〕〔集唐〕〔贴〕“大罗天上柳烟含鱼玄机，〔净〕你毛节朱幡倚石龛王维。〔贴〕见向溪山求住处韩愈，〔净〕好哩，你半垂檀袖学通参女光。”小姑姑从何而至？〔贴〕从韶阳郡来，暂此借宿。〔净〕东头房儿，有个岭南柳相公养病。则下厢房可矣。〔贴〕多谢了。敢问今夕道场，为何而设？〔净叹介〕则为“杜衙小姐去三年，待与招魂上九天”。〔贴〕这等呵！”清醮坛场今夜好，敢将香火助真仙。”〔净〕这等却好。〔内鸣钟鼓介〕〔众〕请老师父拈香。〔净〕南斗注生真妃，东岳受生夫人殿下。〔拈香拜介〕

【孝南歌】钻新火，点妙香。虔诚为因杜丽娘。〔众拜介〕香霭绣幡幢，细乐风微扬。仙真呵，威光无量，把一点香魂，早度人天上。怕未尽凡心，他再作人身想。做儿郎，做女郎，愿他永成双。再休似少年亡。

〔净〕想起小姐生前爱花而亡，今日折得残梅，安在净瓶供养。〔拜神主介〕

【前腔】瓶儿净，春冻阳。残梅半枝红蜡装。小姐呵！你香梦与谁行？精神忒孤往！〔众〕老师兄，你说净瓶像什么，残梅像什么？〔净〕这瓶儿空像，世界包藏。身似残梅样，有水无根，尚作余香想。〔众〕小姐，你受此供呵，教你肌骨凉，魂魄香。肯回阳，再住这梅花帐？

〔内风响介〕〔净〕奇哉怪哉，冷窣窣一阵风打旋也。〔内鸣钟介〕〔众〕这晚斋时分，且吃了斋，收拾道场。正是：“晓镜抛残无定色，晚钟敲断步虚声。”〔众下〕

【水红花】〔魂旦作鬼声，掩袖上〕则下得望乡台如梦俏魂灵，夜荧荧、墓门人静。〔内犬吠，旦惊介〕原来是赚花阴小犬吠春星。冷冥冥，梨花春影。呀，转过牡丹亭、芍药阑，都荒废尽。爹娘去了三年也。〔泣介〕伤感煞断垣荒迳。望中何处也？鬼灯青。

〔听介〕兀的有人声也啰。

〔添字昭君怨〕"昔日千金小姐，今日水流花谢。这淹淹惜惜杜陵花，太亏他。生性独行无那，此夜星前一个。生生死死为情多。奈情何！"奴家杜丽娘女魂是也。只为痴情慕色，一梦而亡。凑的十地阎君奉旨裁革，无人发遣，女监三年。喜遇老判，哀怜放假。趁此月明风细，随喜一番。呀，这是书斋后园，怎做了梅花庵观？好伤感人也。

【小桃红】咱一似断肠人和梦醉初醒。谁偿咱残生命也。虽则鬼丛中姊妹不同行，窣地的把罗衣整。这影随形，风沉露，云暗斗，月勾星，都是我魂游境也。到的这花影初更，〔内作丁冬声，旦惊介〕一霎价心儿瘆，原来是弄风铃台殿冬丁。

好一阵香也。

【下山虎】我则见香烟隐隐，灯火荧荧。呀，铺了些云霞幢，不由人打个吃挣。是那位神灵，原来是东岳夫人，南斗真妃。〔作稽首介〕仙真仙真，杜丽娘鬼魂稽首。魆魆地投明证明，好替俺朗朗的超生注生。再看这青词上，原来就是石道姑在此住持。一坛斋意，度俺生天。道姑道姑，我可也生受你呵。再瞧这净瓶中，咳，便是俺那塚上残梅哩。梅花呵！似俺杜丽娘半开而谢，好伤情也。则为这断鼓零钟金字经，叩动俺黄粱境。俺向这地坼里梅根迸几程，透出些儿影。〔泣介〕姑姑们这般至诚，若不留些踪影，怎显的俺鉴知他，就将梅花散在经台之上。〔撒花介〕抵什么一点香销万点情。

想起爹娘何处，春香何处也？呀，那边厢有沉吟叫唤之声，听怎来？〔内叫介〕俺的姐姐呵！俺的美人呵！〔旦惊介〕谁叫谁也？再听。〔内又叫介〕〔旦叹介〕

【醉归迟】生和死，孤寒命。有情人叫不出情人应。为什么不唱出你可人名姓？似俺孤魂独趁，待谁来叫唤俺一声。不分明，无倒断，再消停。〔内又叫介〕〔旦〕咳，敢边厢什么书生，睡梦里语言胡哇？

【黑嘛令】不由俺无情有情，凑着叫的人三声两声，冷惺忪红泪飘零。呀，怕不是梦人儿梅卿柳卿？俺记着这花亭水亭，趁的这风清月清。则这鬼宿前程，盼得上三星四星？

待即行寻趁，奈斗转参横，不敢久停啊！

【尾声】为什么闪摇摇春殿灯？〔内叫介〕殿上响动。〔丑虚上望介〕〔又作风起介〕〔旦〕一弄儿绣幡飘迥，则这几点落花风是俺杜丽娘身后影。

〔旦作鬼声下〕〔丑打照面，惊叫介〕师父们，快来，快来！〔净、贴惊上〕怎生大惊小怪？〔丑〕则这灯影荧煌，躲着瞧时，见一位女神仙，袖拂花幡，一闪而去。怕也，怕也！〔净〕怎生模样？〔丑打手势介〕这多高，这多大，俊脸儿，翠翘金凤，红裙绿袄，环佩玎珰，敢是真仙下降？〔净〕咳，这便是杜小姐生时样子。敢是他有灵活现。〔贴〕呀，你看经台之上，乱糁梅花，奇也，异也！大家再祝赞他一番。

【忆多娇】〔众〕风灭了香，月到廊。闪闪尸尸魂影儿凉。花落在春宵情易伤。愿你早度天堂，早度天堂，免留滞他乡故乡。

〔贴〕敢问杜小姐为何病亡？以何缘故而来出现？

【尾声】〔净〕休惊恍，免问当。收拾起乐器经堂。你听波，兀的冷窣窣珮环风还在回廊那边响。

〔净〕心知不敢辄形相，曹　唐

〔贴〕欲话因缘恐断肠。天竺牧童

〔丑〕若使春风会人意，罗　邺

〔合〕也应知有杜兰香。罗　虬

第二十八出　幽媾

【夜行船】〔生上〕瞥下天仙何处也？影空濛似月笼沙。有恨徘徊，无言窨约。早是夕阳西下。

“一片红云下太清，如花巧笑玉娉婷。凭谁画出生香面？对俺偏含不语情。”小生自遇春容，日夜想念。这更阑时节，破些工夫，吟其珠玉，玩其精神。傥然梦里相亲，也当春风一度。〔展画玩介〕呀，你看美人呵，神含欲语，眼注微波。真乃“落霞与孤鹜齐飞，秋水共长天一色”。

【香遍满】晚风吹下，武陵溪边一缕霞，出落个人儿风韵杀。净无瑕，明窗新绛纱。丹青小画叉，把一幅肝肠挂。

小姐，小姐，则被你想杀俺也。

【懒画眉】轻轻怯怯一个女娇娃，楚楚臻臻像个宰相衙。想他春心无那对菱花，含情自把春容画，可想到有个拾翠人儿也逗着他？

【二犯梧桐树】他飞来似月华，俺拾的愁天大。常时夜夜对月而眠，这几夜呵，幽佳，婵娟隐映的光辉杀。教俺迷留没乱的心嘈杂，无夜无明怏着他。若不为擎奇怕涴的丹青亚，待抱着你影儿横榻。

想来小生定是有缘也。再将他诗句朗诵一番。〔念诗介〕

【浣纱溪】拈诗话，对会家。柳和梅有分儿些。他春心迸出湖山罅，飞上烟绡萼绿华。则是礼拜他便了。〔拈香拜介〕傒倖杀，对他脸晕眉痕心上掐，有情人不在天涯。

小生客居，怎勾姐姐风月中片时相会也。

【刘泼帽】恨单条不惹的双魂化，做个画屏中倚玉蒹葭。小姐呵，你耳朵儿云鬓月侵芽，可知他一些些都听的俺伤情话？

【秋夜月】堪笑咱，说的来如戏耍。他海天秋月云端挂，烟空翠影遥山抹。只许他伴人清暇，怎教人佻达。

【东瓯令】俺如念咒，似说法。石也要点头，天雨花。怎虔诚不降的仙娥下？是不肯轻行踏。〔内作风起，生按住画介〕待留仙怕杀风儿刮，粘嵌着锦边牙。

怕刮损他，再寻个高手临他一幅儿。

【金莲子】闲啧牙，怎能够他威光水月生临榻？怕有处相逢他自家，则问他许多情，与春风画意再无差。

再把灯剔起细看他一会。〔照介〕

【隔尾】敢人世上似这天真多则假。〔内作风吹灯介〕〔生〕好一阵冷风袭人也。险些儿误丹青风影落灯花。罢了，则索睡掩纱窗去梦他。〔打睡介〕

〔魂旦上〕“泉下长眠梦不成。一生余得许多情。魂随月下丹青引，人在风前叹息声。”妾身杜丽娘鬼魂是也。为花园一梦，想念而终。当时自画春容，埋于太湖石下。题有“他年得傍蟾宫客，不在梅边在柳边。”谁想魂游观中几晚，听见东房之内，一个书生高声低叫：“俺的姐姐，俺的美人。”那声音哀楚，动俺心魂。悄然蓦入他房中，则见高挂起一轴小画。细玩之，便是奴家遗下春容。后面和诗一首，观其名字，则岭南柳梦梅也。梅边柳边，岂非前定乎！因而告过了冥府判君，趁此良宵，完其前梦。想起来好苦也。

【朝天懒】怕的是粉冷香销泣绛纱，又到的高唐馆玩月华。猛回头羞飒髻儿鬖，自擎拿。呀，前面是他房头了。怕桃源路径行来诧，再得俄旋试认他。

〔生睡中念诗介〕“他年若傍蟾宫客，不在梅边在柳边。”我的姐姐啊。〔旦〕〔听打悲介〕

【前腔】是他叫唤的伤情咱泪雨麻，把我残诗句没争差。难道还未睡啊？〔瞧介〕〔生又叫介〕〔旦〕他原来睡屏中作念猛嗟牙。省喧哗，我待敲弹翠竹窗栊下。〔生作惊醒，叫“姐姐”介〕〔旦悲介〕待展香魂去近他。

〔生〕呀，户外敲竹之声，是风是人？〔旦〕有人。〔生〕这咱时节有人，敢是老姑姑送茶来？免劳了。〔旦〕不是。〔生〕敢是游方的小姑姑么？〔旦〕不是。〔生〕好怪，好怪，又不是小姑姑。再有谁？待我启门而看。〔生开门看介〕

【玩仙灯】呀，何处一娇娃，艳非常使人惊诧。

〔旦作笑闪入〕〔生急掩门〕〔旦敛衽整容见介〕秀才万福。〔生〕小娘子到来，敢问尊前何处，因何夤夜至此？〔旦〕秀才，你猜来。

【红衲袄】〔生〕莫不是莽张骞犯了你星汉槎，莫不是小梁清夜走天曹罚？〔旦〕这都是天上仙人，怎得到此。〔生〕是人家彩凤暗随鸦？〔旦摇头介〕〔生〕敢甚处里绿杨曾系马？〔旦〕不曾一面。〔生〕若不是认陶潜眼挫的花，敢则是走临邛道数儿差？〔旦〕非差。〔生〕想是求灯的？可是你夜行无烛也，因此上待要红袖分灯向碧纱？

【前腔】〔旦〕俺不为度仙香空散花，也不为读书灯闲濡蜡。俺不似赵飞卿旧有瑕，也不似卓文君新守寡。秀才呵，你也曾随蝶梦迷花下。〔生想介〕是当初曾梦来。〔旦〕俺因此上弄莺簧赴柳衙。若问俺妆台何处也，不远哩，刚则在宋玉东邻第几家。

〔生作想介〕是了。曾后花园转西，夕阳时节，见小娘子走动哩。

〔旦〕便是了。〔生〕家下有谁？

【宜春令】〔旦〕斜阳外，芳草涯，再无人有伶仃的爹妈。奴年二八，没包弹风藏叶里花。为春归惹动嗟呀，瞥见你风神俊雅。无他，待和你翦烛临风，西窗闲话。

〔生背介〕奇哉，奇哉，人间有此艳色！夜半无故而遇明月之珠，怎生发付！

【前腔】他惊人艳，绝世佳。闪一笑风流银蜡。月明如乍，问今夕何年星汉槎？金钗客寒夜来家，玉天仙人间下榻。〔背介〕知他，知他是甚宅眷的孩儿，这迎门调法？

待小生再问他。〔回介〕小娘子夤夜下顾小生，敢是梦也？〔旦笑介〕不是梦，当真哩。还怕秀才未肯容纳。〔生〕则怕未真。果然美人见爱，小生喜出望外。何敢却乎？〔旦〕这等真个盼着你了。

【耍鲍老】幽谷寒涯，你为俺催花连夜发。俺全然未嫁，你个中知察，拘惜的好人家。牡丹亭，娇恰恰；湖山畔；羞答答；读书窗，淅喇喇。良夜省陪茶，清风明月知无价。

【滴滴金】〔生〕俺惊魂化，睡醒时凉月些些。陡地荣华，敢则是梦中巫峡？亏杀你走花阴不害些儿怕，点苍苔不溜些儿滑，背萱亲不受些儿吓，认书生不着些儿差。你看斗儿斜，花儿亚，如此夜深花睡罢。笑咖咖，吟哈哈，风月无加。把他艳软香娇做意儿要，下的亏他？便亏他则半霎。

〔旦〕妾有一言相恳，望郎恕罪。〔生笑介〕贤卿有话，但说无妨。〔旦〕妾千金之躯，一旦付与郎矣，勿负奴心。每夜得共枕席，平生之愿足矣。〔生笑介〕贤卿有心恋于小生，小生岂敢忘于贤卿乎？〔旦〕还有一言。未至鸡鸣，放奴回去。秀才休送，以避晓风。〔生〕这都领命。只问姐姐贵姓芳名？

【意不尽】〔旦叹介〕少不得花有根元玉有芽，待说时惹的风声大。〔生〕以后准望贤卿逐夜而来。〔旦〕秀才，且和俺点勘春风这第一花。

〔生〕浩态狂香昔未逢，韩　愈
〔旦〕月斜楼上五更钟。李商隐
〔旦〕朝云夜入无行处，李　白
〔生〕神女知来第几峰？张子容

一片红云下太清，

如花巧笑玉娉婷。

凭谁画出生香面？

对俺偏含不语情。

第二十九出　旁疑

【步步娇】〔净扮老道姑上〕女冠儿生来出家相。无对向、没生长。守着三清像，换水添香，钟鸣鼓响。赤紧的是那走方娘，弄虚花扯闲帐？

“世事难拼一个信，人情常带三分疑。”杜老爷为小姐创下这座梅花观，着俺看守三年。水清石见，无半点瑕疵。止因陈教授老狗，引下个岭南柳秀才，东房养病。前几日到后花园回来，悠悠漾漾的，着鬼着魅一般，俺已疑惑了。凑着个韶阳小道姑，年方念八，颇有风情，到此云游，几日不去。夜来柳秀才房里，唧唧哝哝，听的似女儿声息。敢是小道姑瞒着我去瞧那秀才，秀才逆来顺受了。俺且待他来，打觑他一番。

【前腔】〔贴扮小道姑上〕俺女冠儿俏的仙真样。论举止都停当，则一点情抛漾。步斗风前，吹笙月上。〔叹介〕古来仙女定成双，恁生来寒乞相？

〔见介〕〔贴〕“常无欲以观其妙，〔净〕常有欲以观其窍。”小姑姑，你昨夜游方，游到柳秀才房儿里去。是窍，是妙？〔贴〕

老姑姑这话怎的起？谁曾见来？〔净〕俺见来。

【剔银灯】你出家人芙蓉淡妆，翦一片湘云鹤氅。玉冠儿斜插笑生香，出落的十分情况。斟量，敢则向书生夜窗，迤逗的幽辉半床？

〔贴〕向那个书生？老姑姑这话敢不中哩。

【前腔】俺虽然年青试妆，洗凡心冰壶月朗。你怎生剥落的人轻相？比似你半老的佳人停当！〔净〕倒栽起俺来。〔贴〕你端详，这女贞观傍，可放着个书生话长？

〔净〕哎也，难道俺与书生有账！这梅花观，你是云游道婆，他是云游秀才，你住的，偏他住不的？则是往常秀才夜静高眠，则你到观中，那秀才夜半开门，唧唧哝哝的。不共你说话，共谁来？扯你道箓司告去。〔扯介〕〔贴〕便去。你将前官香火院，停宿外方游棍。难道偏放过你？〔扯介〕

【一封书】〔末上〕闲步白云除，问柳先生何处居？扣梅花院主。〔见扯介〕呀，怎两个姑姑争施主？玄牝同门道可道，怎不韫椟而藏姑待姑？俺知道你是大姑他是小姑，嫁的个彭郎港口无？

〔净〕先生不知。听的柳秀才半夜开门，不住的唧哝。俺好意儿问这小姑："敢是你共柳秀才讲话哩？"这小姑则答应着"谁共秀才讲话来"，便罢；倒嘴骨弄的说俺养着个秀才。陈先生，凭你说，谁引这秀才来？扯他道箓司明白去。俺是石的。〔贴〕难道俺是水的？〔末〕禁声，坏了柳秀才体面。俺劝你。

【前腔】教你姑徐徐。撒月招风实也虚？早则是者也之乎，那柳下先生君子儒，到道箓司牒你去俗还俗，敢儒流们笑你姑不姑。〔贴〕正是不雅相。〔末〕好把冠子儿扶水云梳，裂了这仙衣四五铢。

〔净〕便依说，开手罢。陈先生吃个斋去。〔末〕待柳秀才在时又来。

【尾声】清绝处，再踟躇。〔泪介〕咳，糁东风穷泪扑疏疏。道姑，杜小姐坟儿可上去？〔净〕雨哩。〔末叹介〕则恨的锁春寒这几点杜鹃花下雨。〔下〕

〔净、贴吊场〕〔净〕陈老儿去了。小姑姑好嚏。〔贴〕和你再打听谁和秀才说话来。

〔净〕烟水何曾息世机！温庭筠
〔贴〕高情雅淡世间稀。刘禹锡
〔净〕陇山鹦鹉能言语，岑　参
〔贴〕乱向金笼说是非。僧子兰

第三十出　欢挠

【捣练子】〔生上〕听漏下半更多，月影向中那。恁时节夜香烧罢么？

“一点猩红一点金，十个春纤十个针。只因世上美人面，改尽人间君子心。”俺柳梦梅是个读书君子，一味志诚。止因北上南安，凑着东邻西子。嫣然一笑，遂成暮雨之来；未是五更，便逐晓风而去。今宵有约，未知迟早。正是：“金莲若肯移三寸，银烛先教刻五分。”则一件，姐姐若到，要精神对付他。偷盹一会，有何不可。〔睡介〕

【称人心】〔魂旦上〕冥途挣挫，要死却心儿无那。也则为俺那人儿忒可，教他闷房头守着闲灯火。〔入门介〕呀，他端然睡瞌，恁春寒也不把绣衾来摸。多应他只候着我。待叫醒他。秀才，秀才！〔生醒介〕姐姐，失敬也。〔起揖介〕〔生〕待整衣罗，远远相迎个。这二更天风露多，还则怕夜深花睡么？〔旦〕秀才，俺那里长夜好难过，缱着你无眠清坐。

〔生〕姐姐，你来的脚踪儿恁轻，是怎的？〔集唐〕“〔旦〕自然无迹又无尘朱庆余，〔生〕白日寻思夜梦频令狐楚。〔旦〕行到窗前知未寝无名氏，〔生〕一心惟待月夫人皮日休。”姐姐，今夜来的迟些。

【绣带儿】〔旦〕镇消停，不是俺闲情忒慢俄。那些儿忘却俺欢哥。夜香残，回避了尊亲。绣床偎收拾起生活，停脱。顺风儿斜将金佩拖，紧摘离百忙的淡妆明抹。

〔生〕费你高情，则良夜无酒奈何？〔旦〕都忘了。俺携酒一壶，花果二色，在楯栏之上，取来消遣。〔旦取酒、果、花上〕〔生〕生受了。是甚果？〔旦〕青梅数粒。〔生〕这花？〔旦〕美人蕉。〔生〕梅子酸似俺秀才，蕉花红似俺姐姐。串饮一杯。〔共杯饮介〕

【白练序】〔旦〕金荷、斟香糯。〔生〕你酝酿春心玉液波。拚微酡，东风外翠香红酦。〔旦〕也摘不下奇花果，这一点蕉花和梅豆呵，君知么，爱的人全风韵，花有根科。

【醉太平】〔生〕细哦，这子儿花朵，似美人憔悴，酸子情多。喜蕉心暗展，一夜梅犀点污。如何？酒潮微晕笑生涡。待噷着脸恣情的呜嘬，些儿个，翠偃了情波，润红蕉点，香生梅唾。

【白练序】〔旦〕活泼、死腾那，这是第一所人间风月窝。昨宵个微芒暗影轻罗，把势儿忒显豁。为什么人到幽期话转多？〔生〕好睡也。〔旦〕好月也。消停坐，不妒色嫦娥，和俺人三个。

【醉太平】〔生〕无多，花影阿那。劝奴奴睡也，睡也奴哥。春宵美满，一霎暮钟敲破。娇娥、似前宵雨云羞怯颤声讹，敢今夜翠颦轻可。睡则那，把腻乳微搓，酥胸汗帖，细腰春锁。

〔净、贴悄上〕〔贴〕“道可道，可知道？名可名，可闻名？”〔生、旦笑介〕〔贴〕老姑姑，你听秀才房里有人。这不是俺小姑姑了。〔净作听介〕是女人声，快敲门去。〔敲门介〕〔生〕是谁？〔净〕老道姑送茶。〔生〕夜深了。〔净〕相公房里有客哩。〔生〕没有。〔净〕女客哩。〔生、旦慌介〕怎好？〔净急敲门介〕相公，快开门。地方巡警，免的声扬哩。〔生慌介〕怎了，怎了！〔旦笑介〕不妨，俺是邻家女子，道姑不肯干休时，便与他一个勾引的罪名儿。

【隔尾】便开呵须撒和，隔纱窗怎守的到参儿趓！柳郎，则管松了门儿。俺影着这一幅美人图那边躲。

〔生开门，旦作躲，生将身遮旦，净、贴闯进笑介〕喜也。〔生〕什么喜？〔净前看，生身拦介〕

【滚遍】〔净、贴〕这更天一点锣，仙院重门阖。何处娇娥？怕惹的干柴火。〔生〕你便打睃，有甚着科？是床儿里窝？箱儿里那？袖儿里阁？

〔净、贴向前，生拦不住，内作风起，旦闪下介〕〔生〕昏了灯也。〔净〕分明一个影儿，只这轴美女图在此。古画成精了么？

【前腔】画屏人踏歌，曾许你书生和。不是妖魔，甚影儿望风躲？相公，这是什么画？〔生〕妙娑婆，秀才家随行的香火。俺寂静里暗祈求，你莽吆喝。

〔净〕是了。不说不知，俺前晚听见相公房内啾啾唧唧，疑惑是这小姑姑。俺如今明白了。相公，权留小姑姑伴话。〔生〕请了。

【尾声】〔贴〕动不动道箓司官了私和。〔生〕则欺负俺不分外的书生欺别个！姑姑，这多半觉美斝斝，则被你奚落杀了我。

〔净、贴下〕〔生笑介〕一天好事，两个瓦剌姑。扫兴，扫兴。那美人呵，好吃惊也！

应陪秉烛夜深游，曹　松
恼乱春风卒未休。罗　隐
大姑山远小姑出，顾　况
更凭飞梦到瀛洲。胡　宿

第三十一出　缮备

【番卜算】〔贴扮文官，净扮武官上〕边海一边江，隔不断胡尘涨。维扬新筑两城墙，酾酒临江上。

请了。俺们扬州府文武官僚是也。安抚杜老大人，为因李全骚扰地方，加筑外罗城一座。今日落成开宴，杜老大人早到也。

【前腔】〔众拥外上〕三千客两行，百二关重壮。〔文武迎介〕〔外〕维扬风景世无双，直上层楼望。

〔见介〕〔众〕“北门卧护要耆英。〔外〕恨少胸中十万兵。〔众〕天借金山为底柱。〔外〕身当铁瓮作长城。”扬州表里重城，不日成就。皆文武诸公士民之力。〔众〕此皆老安抚远略奇谋。属官窃在下风，敢献一杯，效古人城隅之宴。〔外〕正好。且向新楼一望。〔望介〕壮哉，城也！真乃：“江北无双堑，淮南第一楼。”〔众〕请进酒。

【山花子】〔众〕贺层城顿插云霄敞，雉飞腾映压寒江。据表里山河一方，控长淮万里金汤。〔合〕敌楼高窥临女墙，临风酾酒旌旆扬。乍想起琼花当年吹暗香，几点新亭，无限沧桑。

〔外〕前面高起如霜似雪四五十堆，是何山也？〔众〕都是各场所积之盐，众商人中纳。〔外〕商人何在？〔末、老旦扮商人上〕“占种海田高白玉，掀翻盐井横黄金。”商人见。〔外〕商人么，则怕早晚要动支兵粮，攒紧上纳。

【前腔】这盐呵，是银山雪障连天晃，海煎成夏草秋粮。平看取盐花灶场，尽支排中纳边商。〔合前〕

〔外〕酒罢了。喜的广有兵粮，则要众文武关防如法。

【舞霓裳】〔众〕文武官僚立边疆，立边疆。休坏了这农桑，士工商。〔合〕敢大金家早晚来无状，打贴起炮箭旗枪。听边声风沙迭荡，猛惊起，见蟠花战袍旧边将。

【红绣鞋】〔众〕吉日祭赛城隍，城隍。归神谢土安康，安康。祭旗纛，犒军装。阵头儿，谁抵当？箭眼里，好遮藏。

【尾声】〔外〕按三韬把六出旗门放，文和武肃静端详。则等待海西头动边烽那一声炮儿响。

夹城云暖下霓旄，杜　牧
千里崤函一梦劳。谭用之
不意新城连嶂起，钱　起
夜来冲斗气何高。谭用之

第三十二出　冥誓

【月云高】〔生上〕暮云金阙，风幡淡摇拽。但听的钟声绝，早则是心儿热。纸帐书生，有分氲兰麝。咱时还早。荡花阴，单则把月痕遮。〔整灯介〕溜风光，稳护着灯儿烨。〔笑介〕“好书读易尽，佳人期未来。”前夕美人到此，并不堤防，姑姑搅攘。今宵趁他未来之时，先到云堂之上攀话一回，免生疑惑。〔作掩门行介〕此处留人户半斜，天呵，俺那有心期在那些。〔下〕

【前腔】〔魂旦上〕孤神害怯，珮环风定夜。〔惊介〕则道是人行影，原来是云偷月。〔到介〕这是柳郎书舍了。呀，柳郎何处也？闪闪幽斋，弄影灯明灭。魂再艳，灯油接；情一点，灯头结。〔叹介〕奴家和柳郎幽期，除是人不知，鬼都知道。〔泣介〕竹影寺风声怎的遮，黄泉路夫妻怎当赊？

“待说何曾说，如颦不奈颦。把持花下意，犹恐梦中身。”奴家虽登鬼录，未损人身。阳禄将回，阴数已尽。前日为柳郎而死，今日为柳郎而生。夫妇分缘，去来明白。今宵不说，只管人鬼混缠到甚时节？只怕说时柳郎那一惊呵，也避不得了。正是：“夜传人鬼三分话，早定夫妻百岁恩。”

【懒画眉】〔生上〕画阑风摆竹横斜。〔内作鸟声惊介〕惊鸦闪落在残红榭。呀，门儿开也。玉天仙光降了紫云车。〔旦出迎介〕柳郎来也。〔生揖介〕姐姐来也。〔旦〕剔灯花这咱望郎爷。〔生〕直恁的志诚亲姐姐。

〔旦〕秀才，等你不来，俺集下了唐诗一首。〔生〕洗耳。〔旦念介〕“拟托良媒亦自伤秦韬玉，月寒山色两苍苍薛涛。不知谁唱春归曲曹唐？又向人间魅阮郎刘言史。”〔生〕姐姐高才。〔旦〕柳郎，这更深何处来也？〔生〕昨夜被姑姑败兴，俺乘你未来之时，去姑姑房头看了他动静，好来迎接你。不想姐姐今夜来恁早哩。

〔旦〕盼不到月儿上也。

【太师引】〔生〕叹书生何幸遇仙提揭，比人间更志诚亲切。乍温存笑眼生花，正渐入欢肠啖蔗。前夜那姑姑呵，恨无端风雨把春抄截。姐姐呵，误了你半宵周折，累了你好回惊怯。不嗔嫌，一径的把断红重接。

【销寒窗】〔旦〕是不提防他来的咋嗻，吓的个魂儿收不迭。仗云摇月躲，画影人遮。则没揣的涩道边儿，闪人一跌。自生成不惯这磨灭。险些些，风声扬播到俺家爷，先吃了俺狠尊慈痛决。

〔生〕姐姐费心。因何错爱小生至此？〔旦〕爱的你一品人才。

〔生〕姐姐敢定了人家？

【太师引】〔旦〕并不曾受人家红定回鸾帖。〔生〕喜个甚样人家？

〔旦〕但得个秀才郎情倾意惬。〔生〕小生到是个有情的。〔旦〕是看上你年少多情，迤逗俺睡魂难贴。〔生〕姐姐，嫁了小生罢。〔旦〕怕你岭南归客路途赊，是做小伏低难说。〔生〕小生未曾有妻。〔旦笑介〕少什么旧家根叶，着俺异乡花草填接？

敢问秀才，堂上有人么？〔生〕先君官为朝散，先母曾封县君。〔旦〕这等是衙内了。怎恁婚迟？

【锁窗寒】〔生〕恨孤单飘零岁月，但寻常稔色谁沾借？那有个相如在客，肯驾香车？萧史无家，便同瑶阙？似你千金笑等闲抛泄，凭说，便和伊青春才貌恰争些，怎做的露水相看仳别！

〔旦〕秀才有此心，何不请媒相聘？也省的奴家为你担慌受怕。〔生〕明早敬造尊庭，拜见令尊令堂，方好问亲于姐姐。〔旦〕到俺家来，只好见奴家。要见俺爹娘还早。〔生〕这般说，姐姐当真是那样门庭。〔旦笑介〕〔生〕是怎生来？

【红衫儿】看他温香艳玉神清绝，人间迥别。〔旦〕不是人间，难道天上？〔生〕怎独自夜深行，边厢少侍妾？且说个贵表尊名。〔旦叹介〕〔生背介〕他把姓字香沉，敢怕似飞琼漏泄？姐姐不肯泄漏姓名，定是天仙了。薄福书生，不敢再陪欢宴。尽仙姬留意书生，怕逃不过天曹罚折。

【前腔】〔旦〕道奴家天上神仙列，前生寿折。〔生〕不是天上，难道人间？〔旦〕便作是私奔，悄悄何妨说。〔生〕不是人间，则是花月之妖。〔旦〕正要你掘草寻根，怕不待勾辰就月。〔生〕

是怎么说？〔旦欲说又止介〕不明白辜负了幽期，话到尖头又咽。

〔相思令〕〔生〕姐姐，你“千不说，万不说。直恁的书生不酬决，更向谁边说？〔旦〕待要说，如何说？秀才，俺则怕聘则为妻奔则妾，受了盟香说。”〔生〕你要小生发愿，定为正妻，便与姐姐拈香去。

【滴溜子】〔生、旦同拜〕神天的，神天的，盟香满爇。柳梦梅，柳梦梅，南安郡舍，遇了这佳人提挈，作夫妻。生同室，死同穴。口不心齐，寿随香灭，

〔旦泣介〕〔生〕怎生吊下泪来？〔旦〕感君情重，不觉泪垂。

【闹樊楼】你秀才郎为客偏情绝，料不是虚脾把盟誓撇。哎，话吊在喉咙剪了舌。嘱东君在意者，精神打叠。暂时间奴儿回避趄，些儿待说，你敢扑忪忪害跌。

〔生〕怎的来？〔旦〕秀才，这春容得从何处？〔生〕太湖石缝里。〔旦〕比奴家容貌争多？〔生看惊介〕可怎生一个粉扑儿？〔旦〕可知道，奴家便是画中人也。〔生合掌谢画介〕小生烧的香到哩。姐姐，你好歹表白一些儿。

【啄木犯】〔旦〕柳衙内听根节。杜南安原是俺亲爹。〔生〕呀，前任杜老先生升任扬州，怎么丢下小姐？〔旦〕你翦了灯。〔生翦灯介〕〔旦〕剪了灯、余话堪明灭。〔生〕且请问芳名，青春多少？〔旦〕杜丽娘小字有庚帖，年华二八，正是婚时节。〔生〕是丽娘小姐，俺的人那！〔旦〕衙内，奴家还未是人。〔生〕不是人，是鬼？〔旦〕是鬼也。〔生惊介〕怕也，怕也。〔旦〕靠边些，听俺消详说。

话在前教伊休害怯，俺虽则是小鬼头人半截。

〔生〕姐姐，因何得回阳世而会小生？

【前腔】〔旦〕虽则是阴府别，看一面千金小姐，是杜南安那些枝叶。注生妃央及煞回生帖，化生娘点活了残生劫。你后生儿蘸定俺前生业。秀才，你许了俺为妻真切，少不得冷骨头着疼热。

〔生〕你是俺妻，俺也不害怕了。难道便请起你来？怕似水中捞月，空里拈花。

【三段子】〔旦〕俺三光不灭。鬼胡由，还动迭，一灵未歇。泼残生，堪转折。秀才可谙经典？是人非人心不别，是幻非幻如何说？虽则似空里拈花，却不是水中捞月。

〔生〕既然虽死犹生，敢问仙坟何处？〔旦〕记取太湖石梅树一株。

【前腔】爱的是花园后节，梦孤清，梅花影斜。熟梅时节，为仁儿，心酸那些。〔生〕怕小姐别有走跳处？〔旦叹介〕便到九泉无屈折，衠幽香一阵昏黄月。〔生〕好不冷。〔旦〕冻的俺七魄三魂，僵做了三贞七烈。

〔生〕则怕惊了小姐的魂怎好？

【斗双鸡】〔旦〕花根木节，有一个透人间路穴。俺冷香肌早偎的半热。你怕惊了呵，悄魂飞越，则俺见了你回心心不灭。〔生〕话长哩。〔旦〕畅好是一夜夫妻，有的是三生话说。

〔生〕不烦姐姐再三，只俺独力难成。〔旦〕可与姑姑计议而行。

〔生〕未知深浅，怕一时间攒不彻。

【登小楼】〔旦〕咨嗟、你为人为彻。俺砌笼棺勾有三尺叠，你点刚锹和俺一谜掘。就里阴风泻泻，则隔的阳世些些。〔内鸡鸣介〕

【鲍老催】咳，长眠人一向眠长夜，则道鸡鸣枕空设。今夜呵，梦回远塞荒鸡咽，觉人间风味别。晓风明灭，子规声容易吹残月。三分话才做一分说。

【耍鲍老】俺丁丁列列，吐出在丁香舌。你拆了俺丁香结，须粉碎俺丁香节。休残慢，须急节。俺的幽情难尽说。〔内风起介〕则这一翦风动灵衣去了也。

〔旦急下〕〔生惊痴介〕，奇哉，奇哉！柳梦梅做了杜太守的女婿，敢是梦也？待俺来回想一番。他名字杜丽娘，年华二八，死葬后园梅树之下。啐，分明是人道交感，有精有血。怎生杜小姐颠倒自己说是鬼？〔旦又上介〕衙内还在此？〔生〕小姐怎又回来？〔旦〕奴家还有丁宁。你既以俺为妻，可急视之，不宜自误。如或不然，妾事已露，不敢再来相陪。愿郎留心。勿使可惜。妾若不得复生，必痛恨君于九泉之下矣。

【尾声】〔旦跪介〕柳衙内你便是俺再生爷。〔生跪扶起介〕〔旦〕一点心怜念妾，不着俺黄泉恨你，你只骂的俺一句鬼随邪。

〔旦作鬼声下，回顾介〕〔生吊场，低语介〕柳梦梅着鬼了。他说的恁般分明，恁般恓切，是无是有，只得依言而行。和姑姑商量去。

梦来何处更为云？李商隐
惆怅金泥簇蝶裙。韦氏子
欲访孤坟谁引至？刘言史
有人传示紫阳君。熊孺登

第三十三出　秘议

【逸池游】〔净上〕芙蓉冠帔，短发难簪系。一炉香鸣钟叩齿。

〔诉衷情〕“风微台殿响笙簧。空翠冷霓裳。池畔藕花深处，清切夜闻香。人易老，事多妨，梦难长。一点深情，三分浅土，半壁斜阳。”俺这梅花观，为着杜小姐而建。当初杜老爷分付陈教授看管。三年之内，则见他收取祭租，并不常川行走。便是杜老爷去后，谎了一府州县士民人等许多分子，起了个生祠。昨日老身打从祠前过，猪屎也有，人屎也有。陈最良，陈最良，你可也叫人扫刮一遭儿。到是杜小姐神位前，日逐添香换水，何等庄严清净。正是：“天下少信掉书子，世外有情持素人。”

【前腔】〔生上〕幽期密意，不是人间世。待声扬徘徊了半日。

〔见介〕〔生〕“落花香覆紫金堂。〔净〕你年少看花敢自伤？〔生〕弄玉不来人换世。〔净〕麻姑一去海生桑。”〔生〕老姑姑，小生自到仙居，不曾瞻礼宝殿。今日愿求一观。〔净〕是礼。相引前行。〔行到介〕〔净〕高处玉天金阙，下面东岳夫人，南斗真妃。〔内钟鸣，生拜介〕“中天积翠玉台遥，上帝高居绛节朝。遂有冯夷来击鼓，始知秦女善吹箫。”好一座宝殿哩。怎生左边这牌位上写着“杜小姐神王”，是那位女王？〔净〕是没人题主哩。杜小姐。〔生〕杜小姐为谁？

【五更转】〔净〕你说这红梅院，因何置？是杜参知前所为。丽娘原是他香闺女，十八而亡，就此攒瘗。他爷呵，升任急，失题主，空牌位。〔生〕谁祭扫他？〔净〕好墓田，留下有碑记。偏他没头主儿，年年寒食。

〔生哭介〕这等说起来，杜小姐是俺娇妻呵。〔净惊介〕秀才当真么？〔生〕千真万真。〔净〕这等，知他那日生，那日死了？

【前腔】〔生〕俺未知他生，焉知死？死多年、生此时。〔净〕几时得他死信？〔生〕这是俺朝闻夕死了可人矣。〔净〕是夫妻，应你奉事香火。〔生〕则怕俺未能事人，焉能事鬼？〔净〕既是秀才娘子，可曾会他来？〔生〕便是这红梅院，做楚阳台，偏倍了你。〔净〕是那一夜？〔生〕是前宵你们不做美。〔净惊介〕秀才着鬼了。难道，难道。〔生〕你不信时，显个神通你看。取笔来点的他主儿会动。〔净〕有这事？笔在此。〔生点介〕看俺点石为人，靠夫作主。

你瞧，你瞧。〔净惊介〕奇哉，奇哉。主儿真个会动也。小姐呵！

【前腔】则道墓门梅，立着个没字碑，原来柳客神缠住在香炉里。秀才，既是你妻，鼓盆歌、庐墓三年礼。〔生〕还要请他起来。〔净〕你直恁神通，敢阎罗是你？〔生〕少些人夫用。〔净〕你当夫，他为人，堪使鬼。〔生〕你也帮一锹儿。〔净〕大明律：

开棺见尸，不分首从皆斩哩。你宋书生是看不着皇明例，不比寻常，穿篱挖壁。

〔生〕这个不妨，是小姐自家主见。

【前腔】是泉下人，央及你。个中人、谁似伊。〔净〕既是小姐分付，也待我择个日子。〔看介〕恰好明日乙酉，可以开坟。〔生〕喜金鸡玉犬非牛日，则待寻个人儿，开山力士。〔净〕俺有个侄儿癞头鼋可用。只怕事发之时怎处?〔生〕但回生，免声息，停商议。可有偷香窃玉劫坟贼? 还一事，小姐倘然回生，要些定魂汤药。〔净〕陈教授开张药铺。只说前日小姑姑，党了凶煞，求药安魂。〔生〕烦你快去也。这七级浮屠，岂同儿戏。

〔净〕湿云如梦雨如尘，崔　鲁
〔生〕初访城西李少君。陈　羽
〔净〕行到窈娘身没处，雍　陶
〔生〕手披荒草看孤坟。刘长卿

第三十四出 诇药

〔末上〕“积年儒学理粗通，书簏成精变药笼。家童唤俺老员外，街坊唤俺老郎中。”俺陈最良失馆，依然开药铺。看今日有甚人来？

【女冠子】〔净上〕人间天上，道理都难讲。梦中虚诳，更有人儿思量泉壤。

陈先生利市哩。〔末〕老姑姑到来。〔净〕好铺面！这“儒医”二字杜太爷赠的。好“道地药材”！这两块土中甚用？〔末〕是寡妇床头土。男子汉有鬼怪之疾，清水调服良。〔净〕这布片儿何用？〔末〕是壮男子的裤裆。妇人有鬼怪之病，烧灰吃了效。〔净〕这等，俺贫道床头三尺土，敢换先生五寸裆？〔末〕怕你不十分寡。〔净〕啐，你敢也不十分壮。〔末〕罢了，来意何事？〔净〕不瞒你说，前日小道姑呵！

【黄莺儿】年少不堤防，赛江神，归夜忙。〔末〕着手了？〔净〕知他着甚闲空旷？被凶神煞党。年灾月殃，瞑然一去无回向。〔末〕欠老成哩！〔净〕细端详，你医王手段敢对的住活阎王。

〔末〕是活的，死的？〔净〕死几日了。〔末〕死人有口吃药？也罢，便是这烧裆散，用热酒调服下。

【前腔】海上有仙方，这伟男儿深裤裆。〔净〕则这种药，俺那里自有。〔末〕则怕姑姑记不起谁阳壮。翦裁寸方，烧灰酒娘，敲开齿缝把些儿放。不寻常，安魂定魄赛过反精香。

〔净〕谢了。

〔末〕还随女伴赛江神，于　鹄
〔净〕争奈多情足病身。韩　偓
〔末〕岩洞幽深门尽锁，韩　愈
〔净〕隔花催唤女医人。王　建

第三十五出　回生

【字字双】〔丑扮疙童，持锹上〕猪尿泡疙疽偌卢胡，没裤。铧锹儿入的土花疏，没骨。活小娘不要去做鬼婆夫，没路。偷坟贼拿到做个地官符，没趣。

〔笑介〕自家梅花观主家癞头鼋便是。观主受了柳秀才之托，和杜小姐启坟。好笑，好笑，说杜小姐要和他这里重做夫妻。管他人话鬼话，带了些黄钱，挂在这太湖石上，点起香来。

【出队子】〔净携酒同生上〕玉人何处，玉人何处？近墓西风老绿芜。《竹枝歌》唱的女郎苏，杜鹃声啼过锦江无？一窖愁残，三生梦余。

〔生〕老姑姑，已到后园。只见半亭瓦砾，满地荆榛。绣带重寻，袅袅藤花夜合；罗裙欲认，青青蔓草春长。则记的太湖石边，是俺拾画之处。依稀似梦，恍惚如亡。怎生是好？〔净〕秀才不要忙，梅树下堆儿是了。〔生〕小姐，好伤感人也。〔哭介〕〔丑〕哭甚的。趁时节了。〔烧纸介〕〔生拜介〕巡山使者，当山土地，显圣显灵。

【啄木鹂】开山纸草面上铺。烟罩山前红地炉。〔丑〕敢太岁头上动土？向小姐脚跟挖窟。〔生〕土地公公，今日开山，专为请起杜丽娘。不要你死的，要个活的。你为神正直应无妒，俺阳神触煞俱无虑。要他风神笑语都无二，便做着你土地公公女嫁吾。呀，春在小梅株。

好破土哩。

【前腔】〔丑、净锹土介〕这三和土一谜钼。小姐呵，半尺孤坟你在这的无？〔生〕你们十分小心。〔看介〕到棺了。〔丑作惊丢锹介〕到官没活的了。〔生摇手介〕禁声。〔内旦作哎哟介〕〔众惊介〕活鬼做声了。〔生〕休惊了小姐。〔众蹲向鬼门，开棺介〕〔净〕原来钉头锈断，子口登开，小姐敢别处送云雨去了。〔内哎哟介〕〔生见旦扶介〕〔生〕咳，小姐端然在此。异香袭人，幽姿如故。天也，你看正面上那些儿尘渍，斜空处没半米蚍蜉。则他暖幽香四片斑斓木，润芳姿半榻黄泉路，养花身五色燕支土。〔扶旦软亸介〕〔生〕俺为你款款偎将睡脸扶，休损了口中珠。

〔旦作呕出水银介〕〔丑〕一块花银，二十分多重，赏了癞头罢。

〔生〕此乃小姐龙含凤吐之精，小生当奉为世宝。你们别有酬犒。

〔旦开眼叹介〕〔净〕小姐开眼哩。〔生〕天开眼了。小姐呵！

【金蕉叶】〔旦〕是真是虚？劣梦魂猛然惊遽。〔作掩眼介〕避三光业眼难舒，怕一弄儿巧风吹去。

〔生〕怕风怎么好？〔净扶旦介〕且在这牡丹亭内进还魂丹，秀才翦裆。〔生翦介〕〔丑〕待俺凑些加味还魂散。〔生〕不消了。

快快热酒来。

【莺啼序】〔调酒灌介〕玉喉咙半点灵酥。〔旦吐介〕〔生〕哎也，怎生呵落在胸脯。姐姐再进些，才吃下三个多半口还无。〔觑介〕好了，好了！喜春生颜面肌肤。〔旦觑介〕这些都是谁？敢是些无端道途，弄的俺不着坟墓？〔生〕我便是柳梦梅。〔旦〕眳矇觑，怕不是梅边柳边人数。

〔生〕有这道姑为证。〔净〕小姐可认得道姑么？〔旦看不语介〕

【前腔】〔净〕你乍回头记不起俺这姑姑。〔生〕可记得这后花园？〔旦不语介〕〔净〕是了，你梦境模糊。〔旦〕只那个是柳郎？〔生应，旦作认介〕咳，柳郎真信人也。亏杀你拨草寻蛇，亏杀你守株待兔。棺中宝玩收存，诸余抛散池塘里去。〔众〕呸！〔丢去棺物介〕向人间别画个葫芦。水边头洗除凶物。〔众〕亏了小姐整整睡这三年。〔旦〕流年度，怕春色三分，一分尘土。

〔生〕小姐，此处风露，不可久停。好处将息去。

【尾声】死工夫救了你活地狱，七香汤莹了美食相扶。〔旦〕扶往那里去？〔净〕梅花观内。〔旦〕可知道洗棺尘，都是这高唐观中雨。

〔生〕天赐燕支一抹腮，罗　隐
〔旦〕随君此去出泉台。景舜英
〔净〕俺来穿穴非无意，张　祜
〔生〕愿结灵姻愧短才。潘　雍

第三十六出　婚走

【意难忘】〔净扶旦上〕〔旦〕如笑如呆，叹情丝不断，梦境重开。〔净〕你惊香辞地府，舆榇出天台。〔旦〕姑姑，俺强挣作，软咍咍，重娇养起这嫩孩孩。〔合〕尚疑猜，怕如烟入抱，似影投怀。

〔画堂春〕〔旦〕"蛾眉秋恨满三霜，梦余荒冢斜阳。土花零落旧罗裳，睡损红妆。〔净〕风定彩云犹怯，火传金炧重香。如神如鬼费端详，除是高唐。"〔旦〕姑姑，奴家死去三年。为钟情一点，幽契重生。皆亏柳郎和姑姑信心提救。又以美酒香酥，时时将养。数日之间，稍觉精神旺相。〔净〕好了，秀才三回五次，央俺成亲哩。〔旦〕姑姑，这事还早。扬州问过了老相公、老夫人，请个媒人方好。〔净〕好消停的话儿。这也由你。则问小姐前生事可记得些么?

【胜如花】〔旦〕前生事，曾记怀。为伤春病害，困春游梦境难捱。写春容那人儿拾在。那劳承、那般顶戴，似盼天仙盼的眼咍，似叫观音叫的口歪。〔净〕俺也听见些。则小姐泉下怎生得知？〔旦〕虽则尘埋，把耳轮儿热坏。感一片志诚无奈，死淋侵走上阳台，活森沙走出这泉台。

〔净〕秀才来哩。

【生查子】〔生上〕艳质久尘埋，又挣出这烟花界。你看他含笑插金钗，摆动那长裙带。

〔见介〕丽娘妻。〔旦羞介〕〔生〕姐姐，俺地窟里扶卿做玉真。〔旦〕重生胜过父娘亲。〔生〕便好今宵成配偶。〔旦〕懵腾还自少精神。〔净〕起前说精神旺相，则瞒着秀才。〔旦〕秀才可记的古书云："必待父母之命，媒妁之言。"〔生〕日前虽不是钻穴相窥，早则钻坟而入了。小姐今日又会起书来。〔旦〕秀才，比前不同。前夕鬼也，今日人也。鬼可虚情，人须实礼。听奴道来：

【胜如花】青台闭，白日开。〔拜介〕秀才呵，受的俺三生礼拜，待成亲少个官媒。〔泣介〕结盏的要高堂人在。〔生〕成了亲，访令尊令堂，有惊天之喜。要媒人，道姑便是。〔旦〕秀才忙待怎的？也曾落几个黄昏陪待。〔生〕今夕何夕？〔旦〕直恁的急色秀才。〔生〕小姐捣鬼。〔旦笑介〕秀才捣鬼。不是俺鬼奴台妆妖作乖。〔生〕为甚？〔旦羞介〕半死来回，怕的雨云惊骇。有的是这人儿活在，但将息俺半载身材。〔背介〕但消停俺半刻情怀。

【不是路】〔末上〕深院闲阶，花影萧萧转翠苔。〔扣门介〕人谁在？是陈生探望柳君来。〔众惊介〕〔生〕陈先生来了，怎好？〔旦〕姑姑，俺回避去。〔下〕〔末〕忒奇哉，怎女儿声息纱窗外，硬抵门儿应不开？〔又扣门介〕〔生〕是谁？〔末〕陈最良。〔开门见介〕〔生〕承车盖，俺衣冠未整因迟待。〔末〕有些惊怪。〔生〕有何惊怪？

【前腔】〔末〕不是天台，怎风度娇音隔院猜？〔净上〕原来陈斋长到来。〔生〕陈先生说里面妇娘声息，则是老姑姑。〔净〕是了，长生会，莲花观里一个小姑来。〔末〕便是前日的小姑么？〔净〕另是一众。〔末〕好哩，这梅花观一发兴哩。也是杜小姐冥福所致。因此径来相约，明午整个小盒儿同柳兄往坟上随喜去。暂告辞了。无闲会，今朝有约明朝在，酒滴青娥墓上回。〔生〕承拖带，这姑姑点不出个茶儿待。即来回拜。〔末〕慢来回拜。〔下〕

〔生〕喜的陈先生去了，请小姐有话。〔旦上介〕〔净〕怎了，怎了？陈先生明日要上小姐坟去。事露之时，一来小姐有妖冶之名，二来公相无闺阃之教，三来秀才坐迷惑之讥，四来老身招发掘之罪。如何是了？〔旦〕老姑姑，待怎生好？〔净〕小姐，这柳秀才待往临安取应。不如曲成亲事，叫童儿寻只赣船，夤夜开去，以灭其踪。意下何如？〔旦〕这也罢了。〔净〕有酒在此。你二人拜告天地。〔拜，把酒介〕

【榴花泣】〔生〕三生一梦，人世两和谐。承合卺，送金杯。比墓田春酒这新醅，才酸转人面桃腮。〔旦悲介〕伤春便埋，似中山醉梦三年在。只一件来，看伊家龙凤姿容，怎配俺这土木形骸！

〔生〕那有此话！

【前腔】相逢无路，良夜肯疑猜？眠一柳，当了三槐。杜兰香真个在读书斋，则柳耆卿不是仙才。〔旦叹介〕幽姿暗怀，被元阳鼓的这阴无赖。柳郎，奴家依然还是女身。〔生〕已经数度幽期，玉体岂能无损？〔旦〕那是魂，这才是正身陪奉。伴情哥则是游魂，女儿身依旧含胎。

〔外扮舟子歌上〕春娘爱上酒家子楼，不怕归迟总弗子愁。推道那家娘子睡，且留教住要梳子头。〔又歌〕不论秋菊和那春子个花，个个能噇空肚子茶。无事莫教频入子库，一名闲物他也要些子些。〔丑扮疙童上介〕船，船，船，临安去。〔外〕来，来，来。〔拢船介〕〔丑〕门外船便，相公篡下小姐班。〔净辞介〕相公、小姐，小心去了。〔生〕小姐无人伏侍，烦老姑姑一行，得了官时相报。〔净〕俺不曾收拾。〔背介〕事发相连，走为上计。〔回介〕也罢，相公赏侄儿什么，着他和俺收拾房头，俺伴小姐同去。〔丑〕使得。〔生〕便赏他这件衣服。〔解衣介〕〔丑〕谢了，事发谁当？〔生〕则推不知便了。〔丑〕这等请了。"秃厮儿堪充道伴，女冠子权当梅香。"〔下〕

【急板令】〔众上船介〕别南安孤帆夜开，走临安把双飞路排。〔旦悲介〕〔生〕因何吊下泪来？〔旦〕叹从此天涯，从此天涯。叹三年此居，三年此埋。死不能归，活了才回。〔合〕问今夕何夕？此来、魂脉脉，意咍咍。

【前腔】〔生〕似倩女返魂到来，采芙蓉回生并载。〔旦叹介〕〔生〕为何又吊下泪来？〔旦〕想独自谁挨，独自谁挨？翠黯香囊，泥渍金钗。怕天上人间，心事难谐。〔合前〕

〔净〕夜深了，叫停船。你两人睡罢。〔生〕风月舟中，新婚佳趣，其乐何如！

【一撮掉】蓝桥驿，把奈何桥风月筛。〔旦〕柳郎，今日方知有人间之乐也。七星版、三星照，两星排。今夜呵，把身子儿带，情儿迈，意儿挨。〔净〕你过河，衣带紧、请宽怀。〔生〕眉横黛，小船儿禁重载？这欢眠自在，抵多少吓魂台。

【尾声】情根一点是无生债。〔旦〕叹孤坟何处是俺望夫台？柳郎呵，俺和你死里淘生情似海。

〔生〕偷去须从月下移，吴　融
〔净〕好风偏似送佳期。陆龟蒙
〔旦〕傍人不识扁舟意，张　蠙
〔净〕惟有新人子细知。戴叔伦

第三十七出　骇变

〔集唐〕〔末上〕“风吹不动顶垂丝雍陶，吟背春城出草迟朱庆余。毕竟百年浑是梦元稹，夜来风雨葬西施韩偓。”俺陈最良。只因感激杜太守，为他看顾小姐坟营。昨日约了柳秀才到坟上望去，不免走一遭。〔行介〕“岩扉不掩云长在，院径无媒草自深。”待俺叫门。〔叫介〕呀，往常门儿重重掩上，今日都开在此。待俺参了圣。〔看菩萨介〕咳，冷清清没香没灯的。呀，怎不见了杜小姐牌位？待俺问一声老姑姑。〔叫三声介〕俗家去了。待俺叫柳兄问他。〔叫介〕柳朋友！〔又叫介〕柳先生！一发不应了。〔看介〕嗄，柳秀才去了。医好了病，来不参，去不辞。没行止，没行止！待俺西房瞧瞧。咳哟，道姑也搬去了。磬儿，锅儿，床席，一些都不见了。怪哉！〔想介〕是了。日前小道姑有话，昨日又听的小道姑声息，其中必有柳梦梅勾搭事情。一夜去了。没行止，没行止！由他，由他。到后园看小姐坟去。〔行介〕

【懒画眉】园深径侧老苍苔，那儿所月榭风亭久不开。当时曾此葬金钗。〔望介〕呀，旧坟高高儿的，如今平下来了也。缘何不见坟儿在？敢是狐兔穿空倒塌来？

这太湖石，只左边靠动了些，梅树依然。〔惊介〕咳呀，小姐坟被劫了也。

【朝天子】〔放声哭介〕小姐，天呵！是什么发冢无情短倖材？他有多少金珠葬在打眼来。小姐，你若早有人家，也搬回去了。则为玉镜台无分照泉台。好孤哉！怕蛇钻骨，树穿骸，不提防这灾。

知道了，柳梦梅岭南人，惯了劫坟。将棺材放在近所，截了一角为记，要人取赎。这贼意思，止不过说杜老先生闻知，定来取赎。想那棺材，只在左近埋下了。待俺寻看。〔见介〕咳呀，这草窝里不是硃漆板头？这不是大锈钉？开了去。天，小姐骨殖丢在那里？〔望介〕那池塘里浮着一片棺材。是了，小姐尸骨抛在池里去了。狠心的贼也！

【普天乐】问天天，你怎把他昆池碎劫无余在？又不欠观音锁骨连环债，怎丢他水月魂骸？乱红衣暗泣莲腮，似黑月重抛业海。待车干池水，捞起他骨殖来。怕浪淘沙碎玉难分派。到不如当初水葬无猜。贼眼脑生来毒害，那些个怜香惜玉，致命图财！

先师云："虎兕出于柙，龟玉毁于椟中，典守者不得辞其责。"俺如今先去禀了南安府缉拿。星夜往淮扬。报知杜老先生去。

【尾声】石虔婆，他古弄里金珠曾见来。柳梦梅，他做得个破周书汲冢才。小姐呵，你道他为什么向金盖银墙做打家贼？

丘坟发掘当官路，韩　愈
春草茫茫墓亦无。白居易
致汝无辜由俺罪，韩　愈
狂眠恣饮是凶徒。僧子兰

但是相思莫相负，

牡丹亭上三生路。

第三十八出　淮警

【霜天晓角】〔净引众上〕英雄出众，鼓噪红旗动。三年绣甲锦蒙茸，弹剑把雕鞍斜鞚。

“贼子豪雄是李全，忠心赤胆向胡天。靴尖踢倒长天堑，却笑江南土不坚。”俺溜金王奉大金之命，骚扰江淮三年。打听大金家兵粮凑集，将次南征，教俺淮扬开路，不免请出贱房计议。中军快请。〔众叫介〕大王叫箭坊。〔老旦扮军人持箭上〕箭坊俱已造完。〔净笑恼介〕狗才怎么说？〔老旦〕大王说，请出箭坊计议。〔净〕胡说！俺自请杨娘娘，是你箭坊？〔老旦〕杨娘娘是大王箭坊，小的也是箭坊。〔净喝介〕

【前腔】〔丑上〕帐莲深拥，压寨的阴谋重。〔见介〕大王兴也！你夜来鏖战好粗雄。困的俺垓心没缝。

大王夫，俺睡倦了。请俺甚事商量？〔净〕闻得金主南侵，教俺攻打淮扬，以便征进。思想扬州有杜安抚镇守，急切难攻。如何是好？〔丑〕依奴家所见，先围了淮安，杜安抚定然赴救。俺分兵扬州，断其声援，于中取事。〔净〕高，高！娘娘这计，李全要怕了你。〔丑〕你那一宗儿不怕了奴家！〔净〕罢了。未封王号时，俺是个怕老婆的强盗，封王之后，也要做怕老婆的王〔丑〕着了。快起兵去攻打淮城。

【锦上花】〔净〕拨转磨旗峰，促紧先锋。千兵摆列，万马奔冲。鼓通通，鼓通通，噪的那淮扬动。

【前腔】〔众〕军中母大虫，绰有威风。连环阵势，烟粉牢笼。哈哄哄，哈哄哄，哄的淮扬动。

〔丑〕溜金王听俺分付：军到处，不许你抢占半名妇女。如违，定以军法从事。〔净〕不敢。

〔丑〕日暮风沙古战场，王昌龄
〔净〕军营人学内家妆。司空图
〔众〕如今领帅红旗下，张建封
〔众〕擘破云鬟金凤凰。曹　唐

第三十九出　如杭

【唐多令】〔生上〕海月未尘埋，〔旦上〕新妆倚镜台。〔生〕卷钱塘风色破书斋。〔旦〕夫，昨夜天香云外吹，桂子月中开。

〔生〕“夫妻客旅闷难开，〔旦〕待唤提壶酒一杯。〔生〕江上怒潮千丈雪，〔旦〕好似禹门平地一声雷。”〔生〕俺和你夫妻相随，到了临安京都地面。赁下一所空房，可以理会书史。争奈试期尚远，客思转深。如何是好？〔旦〕早上分付姑姑，买酒一壶，少解夫君之闷，尚未见回。〔生〕生受了，娘子。一向不曾话及：当初只说你是西邻女子，谁知感动幽冥，匆匆成其夫妇。一路而来，到今不曾请教。小姐可是见小生于道院西头？因何诗句上“不是梅边是柳边”，就指定了小生姓名？这灵通委是怎的？〔旦笑介〕柳郎，俺说见你于道院西头是假。我前生呵！

【江儿水】偶和你后花园曾梦来，擎一朵柳丝儿要俺把诗篇赛。奴正题咏间，便和你牡丹亭上去了。〔生笑介〕可好哩？〔旦笑介〕咳，正好中间，落花惊醒。此后神情不定，一病奄奄。这是聪明反被聪明带，真诚不得真诚在，冤亲做下这冤亲债。一点色情难坏，再世为人，话做了两头分拍。

【前腔】〔生〕是话儿听的都呆答孩。则俺为情痴信及你人儿在。还则怕邪淫惹动阴曹怪，忌亡坟触犯阴阳戒。分书生领受阴人爱，勾的你色身无坏。出土成人，又看见这帝城风采。

〔净提酒上〕“路从丹凤城边过。酒向金鱼馆内沽。”呀，相公，小姐不知：俺在江头沽酒，看见各处秀才，都赴选场去了。相公错过天大好事。〔生、旦作忙介〕〔旦〕相公只索快行。〔净〕这酒便是状元红了。

【小措大】〔旦把酒介〕喜的一宵恩爱，被功名二字惊开。好开怀这御酒三杯，放着四婵娟人月在。立朝马五更门外，听立街里喧传人气概。七步才，蹬上了寒宫八宝台。沈醉了九重春色，便看花十里归来。

【前腔】〔生〕十年窗下，遇梅花冻九才开。夫贵妻荣八字安排。敢你七香车稳情载，六宫宣有你朝拜。五花诰封你非分外。论四德、似你那三从结愿谐。二指大泥金报喜。打一轮皂盖飞来。

〔旦〕夫，我记的春容诗句来。

【尾声】盼今朝得傍你蟾宫客，你和俺倍精神金阶对策。高中了，同去访你丈人、丈母呵，则道俺从地窟里登仙那大喝采。

〔旦〕良人的的有奇才，刘　氏
〔净〕恐失佳期后命催。杜　甫
〔生〕红粉楼中应计日，杜审言
〔合〕遥闻笑语自天来。李　端

第四十出　仆侦

【孤飞雁】〔净扮郭驼挑担上〕世路平消长，十年事老头儿心上。柳郎君翰墨人家长。无营运，单承望，天生天养，果树成行。年深树老，把园围抛漾。你索在何方？好没主量。凄惶，趁上他身衣口粮。

"家人做事兴，全靠主人命。主人不在家，园树不开花。"俺老驼一生依着柳相公种果为生。你说好不古怪：柳相公在家，一株树上摘百十来个果儿；自柳相公去后，一株树上生百十来个虫。便胡乱结几个儿，小厮们偷个尽。老驼无主，被人欺负。因此发个老狠，体探俺相公过岭北来了，在梅花观养病，直寻到此，早则南安府大封条封了观门。听的边厢人说，道婆为事走了，有个侄儿癞头鼋是小西门住。去寻问他。〔行介〕"抹过大东路，投至小西门。"〔下〕

【金钱花】〔丑扮疙童披衣笑上〕自小疙辣郎当，郎当。官司拿俺为姑娘，姑娘。尽了法，脑皮撞。得了命，卖了房。充小厮，串街坊。

“若要人不知，除非己不为。”自家癞头鼋便是。这无人所在，表白一会。你说姑娘和柳秀才那事干得好，又走得好！只被陈教授那狗才，禀过南安府，拿了俺去。拷问俺：“姑娘那里去了？劫了杜小姐坟哩！”你道俺更不聪明，却也颇颇的。则掉着头不做声。那鸟官喝道：“马不吊不肥，人不拶不直，把这厮上起脑箍来。”哎也，哎也，好不生疼！原来用刑人先捞了俺一架金钟玉磬，替俺方便，禀说这小厮夹出脑髓来了。那鸟官喝道：“捻上来瞧。”瞧了，大鼻子一飐，说道：“这小厮真个夹出脑浆来了。”他不知是俺癞头上脓。叫松了刑，着保在外。俺如今有了命，把柳相公送俺这件黑海青穿摆将起来。〔唱介〕摆摇摇，摆摆摇。没人所在，被俺摆过子桥。〔净向前叫揖介〕小官唱喏。〔丑作不回揖，大笑唱介〕俺小官子腰闪价，唱不的子喏。比似你个驼子唱喏，则当伸子个腰。〔净〕这贼种，开口伤人。难道做小官的背偏不驼？〔丑〕刮这驼子嘴，偷了你什么？贼？〔净作认丑衣介〕别的罢了。则这件衣服，岭南柳相公的，怎在你身上？〔丑〕咳呀，难道俺做小官的，就没件干净衣服，便是岭南柳家的？隔这般一道梅花岭，谁见俺偷来？〔净〕这衣带上有字。你还不认，叫地方。〔扯丑作怕倒介〕罢了，衣服还你去啰。〔净〕要哩！俺正要问一个人。〔丑〕谁？〔净〕柳秀才那里去了？〔丑〕不知。〔净三问〕〔丑三不知介〕〔净〕你不说，叫地方去。〔丑〕罢了，大路头难好讲话。演武厅去。〔行介〕〔净〕好个僻静所在。〔丑〕咦，柳秀才到有一个。可是你问的不是？你说得像，俺说；

你说不像，休想。叫地方，便到官司，俺也只是不说。〔净〕这小厮到贼。听俺道来：

【尾犯序】提起柳家郎，他俊白庞儿，典雅行藏。〔丑〕是了。多少年纪？〔净〕论仪表看他，三十不上。〔丑〕是了。你是他什么人？〔净〕他祖上、传留下俺栽花种粮。自小儿、俺看成他快长。〔丑〕原来你是柳大官。你几时别他，知他做出甚事来？〔净〕春头别，跟寻至此，闻说的不端详。

〔丑〕这老儿说的一句句着。老儿，若论他做的事，咦！〔丑作扯净耳语〕〔净听不见介〕〔丑〕呸，左则无人，要他去。老儿你听者。

【前腔】他到此病郎当。逢着个杜太爷衙教小姐的陈秀才，勾引他养病庵堂，去后园游赏。〔净〕后来？〔丑〕一游游到小姐坟儿上。拾得一轴春容，朝思暮想，做出事来。〔净〕怎的来？〔丑〕秀才家为真当假，劫坟偷圹。〔净惊介〕这却怎了？〔丑〕你还不知。被那陈教授禀了官，围住观门。拖番柳秀才，和俺姑娘行了杖。棚琶拶压，不怕不招。点了供纸，解上江西提刑廉访司。问那六案都孔目，这男女应得何罪？六案请了律令，禀复道，但偷坟见尸者，依律一秋。〔净〕怎么秋？〔丑作按净头介〕这等秋。〔净惊哭介〕俺的柳秀才呵，老驼没处投奔了。〔丑笑介〕休慌。后来遇赦了。便是那杜小姐活转来哩。〔净〕有这等事！〔丑〕活鬼头还做了秀才正房，俺那死姑娘到做了梅香伴当。〔净〕何往？〔丑〕临安去，送他上路，赏这领旧衣裳。

〔净〕吓俺一跳。却早喜也!

【尾声】去临安定是图金榜。〔丑〕着了。〔净〕俺勒挣着躯腰走帝乡。〔丑〕老哥,你路上精细些。现如今一路里画影图形捕凶党。

〔净〕寻得仙源访隐沦,朱　湾
〔丑〕郡城南下是通津。柳宗元
〔净〕众中不敢分明说,于　鹄
〔丑〕遥想风流第一人。王　维

第四十一出　耽试

【凤凰阁】〔净扮苗舜宾引众上〕九边烽火咤。秋水鱼龙怎化？广寒丹桂吐层花，谁向云端折下？〔合〕殿闱深锁，取试卷看详回话。

〔集唐〕“铸时天匠待英豪谭用之，引手何妨一钓鳌李咸用？报答春光知有处杜甫，文章分得凤凰毛元稹。”下官苗舜宾便是。圣上因俺香山能辨番回宝色，钦取来京典试。因金兵摇动，临轩策士，问和战守三者孰便？各房俱已取中头卷，圣旨着下官详定。想起来看宝易，看文字难。为什么来？俺的眼睛，原是猫儿睛，和碧绿琉璃水晶无二。因此一见真宝，眼睛火出。说起文字，俺眼里从来没有。如今却也奉旨无奈，左右，开箱取各房卷子上来。〔众取卷上，净作看介〕这试卷好少也。且取天字号三卷，看是何如。第一卷，“诏问：‘和战守三者孰便？’”“臣谨对：‘臣闻国家之和贼，如里老之和事。’”呀，里老和事，和不得，罢；国家事，和不来，怎了？本房拟他状元，好没分晓。且看第二卷，这意思主守。〔看介〕“臣闻天子之守国，如女子之守身。”也比的小了。再看第三卷，到是主战。〔看介〕“臣闻南朝之战北，如老阳之战阴。”此语忒奇。但是《周易》有“阴阳交战”之说。——以前主和，被秦太师误了。今日权取主战者第一，主守者第二，主和者第三。其余诸卷，以次而定。

【一封书】〔净〕文章五色讹。怕冬烘头脑多。总费他墨磨，笔尖花无一个。恁这里龙门日月开无那，都待要尺水翻成一丈波。却也无奈了，也是浪桃花当一科，池里无鱼可奈何！〔封卷介〕

【神仗儿】〔生上〕风尘战斗，风尘战斗，奇材辐辏。〔丑〕秀才来的停当，试期过了。〔生〕呀，试期过了。文字可进呈么？〔丑〕不进呈，难道等你？道英雄入彀，恰锁院进呈时候。〔生〕怕没有状元在里也哥。〔丑〕不多，有三个了。〔生〕万马争先，偏骅骝落后。你快禀，有个遗才状元求见。〔丑〕这是朝房里面。府州县道，告遗才哩。〔生〕大哥，你真个不禀？〔哭介〕天呵，苗老先赍发俺来献宝。止不住卞和羞，对重瞳双泪流。

〔净听介〕掌门的，这什么所在！拿过来。〔丑扯生进介〕〔生〕告遗才的，望老大人收考。〔净〕哎也，圣旨临轩，翰林院封进。谁敢再收？〔生哭介〕生员从岭南万里带家口而来。无路可投，愿触金阶而死。〔生起触阶，丑止介〕〔净背介〕这秀才像是柳生，真乃南海遗珠也。〔回介〕秀才上来。可有卷子？〔生〕卷子备有。〔净〕这等，姑准收考，一视同仁。〔生跪介〕千载奇遇。〔净念题介〕“圣旨：‘问汝多士，近闻金兵犯境，惟有和战守三策。

其便何如？’”〔生叩头介〕领圣旨。〔起介〕〔丑〕东席舍去。〔生写策介〕〔净再将前卷细观看介〕头卷主战，二卷主守，三卷主和。主和的怕不中圣意。〔生交卷，净看介〕呀，风檐寸晷，立扫千言。可敬，可敬。俺急忙难看。只说和战守三件，你主那一件儿？〔生〕生员也无偏主。可战可守而后能和。如医用药，战为表，守为里，和在表里之间。〔净〕高见，高见。则当今事势何如？

【马蹄花】〔生〕当今呵，宝驾迟留，则道西湖昼锦游。为三秋桂子，十里荷香，一段边愁。则愿的“吴山立马”那人休。俺燕云唾手何时就？若止是和呵，小朝廷羞杀江南。便战守呵，请銮舆略近神州。

〔净〕秀才言之有理。

【前腔】圣主垂旒，想泣玉遗珠一网收。对策者千余人，那些不知时务，未晓天心，怎做儒流。似你呵，三分话点破帝王忧，万言策检尽乾坤漏。〔生〕小生岭南之士。〔净低介〕知道了。你钓竿儿拂绰了珊瑚，敢今番着了鳌头。

秀才，午门外候旨。〔生应出，背介〕这试官却是苗老大人。嫌疑之际，不敢相认。“且当青镜明开眼，惟原朱衣暗点头。”〔生下〕〔净〕试卷俱已详定。左右跟随进呈去。〔行介〕“丝纶阁下文章静，钟鼓楼中刻漏长。”呀，那里鼓响？〔内急擂鼓介〕〔丑〕是枢密府楼前边报鼓。〔内马嘶介〕〔净〕边报警急。怎了，怎了？〔外扮老枢密上〕“花萼夹城通御气。芙蓉小苑入边愁。”〔见介〕

〔净〕老先生奏边事而来？〔外〕便是。先生为进卷而来？〔净〕正是。〔外〕今日之事，以缓急为先后，僭了。〔外叩头奏事介〕掌管天下兵马知枢密院事臣谨奏俺主。〔内宣介〕所奏何事？

【滴溜子】〔外〕金人的、金人的、风闻入寇。〔内〕谁是先锋？〔外〕李全的、李全的、前来战斗。〔内〕到什么地方了？〔外〕报到了淮扬左右。〔内〕何人可以调度？〔外〕有杜宝现为淮扬安抚。怕边关早晚休，要星忙厮救。

〔净叩头奏事介〕臣看卷官苗舜宾谨奏俺主。

【前腔】临轩的、临轩的、文章看就，呈御览、呈御览、定其卷首。黄道日，传胪祗候。众多官在殿头，把琼林宴备久。

〔内〕奏事官午门外伺候。〔外、净同起介〕〔净〕老先生，听的金兵为何而动？〔外〕适才不敢奏知。金主此行，单为来抢占西湖美景。〔净〕痴鞑子，西湖是俺大家受用的。若抢了西湖去，这杭州通没用了。〔内宣介〕听旨：朕惟治天下，有缓有急，乃武乃文。今淮扬危急，便着安抚杜宝前去迎敌。不可有迟。其传胪一事，待干戈宁辑，偃武修文。可谕知多士。叩头。〔外、净叩头呼“万岁”起介〕

〔外〕泽国江山入战图，曹　松
〔净〕曳裾终日盛文儒。杜　甫
〔外〕多才自有云霄望，钱　起
〔净〕其奈边防重武夫。杜　牧

第四十二出　移镇

【夜游朝】〔外扮杜安抚引众上〕西风扬子津头树，望长淮渺渺愁予。枕障江南，钩连塞北。如此江山几处？

〔诉衷情〕"砧声又报一年秋。江水去悠悠。塞草中原何处？一雁过淮楼。天下事，鬓边愁，付东流。不分吾家小杜，清时醉梦扬州。"自家淮扬安抚使杜宝。自到扬州三载，虽则李全骚扰，喜得大势平安。昨日打听边兵要来，下官十分忧虑。可奈夫人不解事，偏将亡女絮伤心。

【似娘儿】〔老旦引贴上〕夫主掣兵符，也相从燕幙栖迟，〔叹介〕画屏风外秦淮树。看两点金焦，十分眉恨，片影江湖。

〔老旦〕相公万福。〔外〕夫人免礼。〔玉楼春〕〔老旦〕相公："几年别下南安路，春去秋来朝复暮。〔外〕空怀锦水故乡情，不见扬州行乐处。〔老旦〕你摩挲老剑评今古，那个英雄闲处住？〔泪介〕〔合〕忘忧恨自少宜男，泪洒岭云江外树。"〔老旦〕相公，我提起亡女，你便无言。岂知俺心中愁恨！一来为苦伤女儿，二来为全无子息。待趁在扬州寻下一房，与相公传后。尊意何如？

〔外〕使不得，部民之女哩。〔老旦〕这等，过江金陵女儿可好？〔外〕当今王事匆匆，何心及此。〔老旦〕苦杀俺丽娘儿也！〔哭介〕〔净扮报子上〕“诏从日月威光远，兵洗江淮杀气高。”禀老爷，有朝报。〔外起看报介〕枢密院一本，为边兵寇淮事。奉圣旨：便着淮扬安抚使杜宝，刻日渡淮。不许迟误。钦此。呀，兵机紧急，圣旨森严。夫人，俺同你移镇淮安，就此起程也。〔丑扮驿丞上〕“羽檄从参赞，牙签报驿程。”禀老爷，船只齐备。〔内鼓吹介〕〔上船介〕〔内禀“合属官吏候送”，外分付“起去”介〕

〔外〕夫人，又是一江秋色也。

【长拍】天意秋初，天意秋初，金风微度，城阙外画桥烟树。看初收泼火，嫩凉生，微雨沾裾。移画舸浸蓬壶。报潮生，风气肃，浪花飞吐，点点白鸥飞近渡。风定也，落日摇帆映绿蒲，白云秋窣的鸣箫鼓。何处菱歌，唤起江湖？

〔外〕呀，岸上跑马的什么人？

【不是路】〔末扮报子，跑马上〕马上传呼，慢橹停船看羽书。〔外〕怎的来？〔末〕那淮安府，李全将次逞狂图。〔外〕可发兵守御么？〔末〕怎支吾？星飞调度恁安抚。则怕这水路里耽延，你还走旱途。〔外〕休惊惧。夫人，吾当走马红亭路；你转船归去、转船归去。

〔老旦〕咳，后面报马又到哩。

【前腔】〔丑扮报子上〕万骑胡奴，他要堑断长淮塞五湖。老爷快行，休迟误。小的先去也。怕围城缓急要降胡。〔下〕〔老旦哭介〕待何如？你星霜满鬓当戎虏，似这烽火连天各路衢。〔外〕真愁促，怕扬州隔断无归路。再和你相逢何处、相逢何处？

夫人，就此告辞了。扬州定然有警，可径走临安。

【短拍】老影分飞，老影分飞，似参军杜甫，把山妻泣向天隅。〔老旦哭介〕无女一身孤，乱军中别了夫主。〔合〕有什么命夫命妇，都是些鳏寡孤独！生和死，图的个梦和书。

【尾声】〔老旦〕老残生两下里自支吾。〔外〕俺做的是这地头军府。〔老旦〕老爷也，珍重你这满眼兵戈一腐儒。

〔外下〕〔老旦叹介〕天呵，看扬州兵火满道。春香，和你径走临安去也。

隋堤风物已凄凉，吴　融
楚汉宁教作战场。韩　偓
闺阁不知戎马事，薛　涛
双双相趁下残阳。罗　邺

第四十三出　御淮

【六幺令】〔外引生、末、众扮军人上〕西风扬噪，漫腾腾杀气兵妖。望黄淮秋卷浪云高。排雁阵，展《龙韬》，断重围杀过河阳道。

〔外〕走乏了！众军士，前面何处？〔众〕淮城近了。〔外望介〕天呵！〔昭君怨〕“剩得江山一半，又被胡笳吹断。〔众〕秋草旧长营，血风腥。〔外〕听得猿啼鹤怨，泪湿征袍如汗。〔众〕老爷呵！无泪向天倾，且前征。”〔外〕众三军，俺的儿，你看咫尺淮城，兵势危急。俺们一边拚死先冲入城，一面奏请朝廷添兵救助。三军听吾号令，鼓勇而行。〔众哭应介〕谨如军令。

【四边静】〔行介〕坐鞍心把定中军号，四面旌旗绕。旗开日影摇，尘迷日光小。〔合〕胡兵气骄，南兵路遥。血晕几重围，孤城怎生料！

〔外〕前面寇兵截路，冲杀前去。〔合下〕

【前腔】〔净引丑、贴扮众军喊上〕李将军射雁穿心落，豹子翻身嚼。单尖宝镫挑，把追风腻旗儿袅。〔合前〕

〔净笑介〕你看俺溜金王手下，雄兵万余，把淮阴城围了七周遭。

好不紧也！〔内擂鼓喊介〕〔净〕呀，前路兵风，想是杜安抚来到。分兵一千，迎杀前去。〔虚下〕〔外、众唱“合前”上，净众上打话，单战介〕〔净叫众摆长阵拦路介〕〔外叫“众军，冲围杀进城去”介〕〔净〕呀，杜家兵冲入围城去了。且由他。吃尽粮草，自然投降也。〔合前〕〔下〕

【番卜算】〔老旦、末扮文官上〕镇日阵云飘，闪却乌纱帽。〔净、丑扮武官上〕〔净〕长枪大剑把河桥。〔丑〕鼓角如龙叫。

〔见介〕请了。〔更漏子〕〔老旦〕“枕淮楼，临海际。〔末〕杀气腾天震地。〔丑〕闻炮鼓，使人惊。插天飞不成。〔净〕匣中剑，腰间箭，领取背城一战。〔合〕愁地道，怕天冲。几时来杜公？”〔老旦〕俺们是淮安府行军司马，和这参谋，都是文官。遭此贼兵围紧，久已迎接安抚杜老大人，还不见到。敢问二位留守将军，有何计策？〔丑〕依在下所见，降了他罢。〔末〕怎说这话？〔丑〕不降，走为上计。〔老旦〕走的一个，走不的十个。〔丑〕这般说，俺小奶奶那一口放那里？〔净〕锁放大柜子里。〔丑〕钥匙哩？〔净〕放俺处。李全不来，替你托妻寄子。〔丑〕李全来哩？〔净〕替你出妻献子。〔丑〕好朋友，好朋友！〔内擂鼓喊介〕〔生扮报子上〕报，报，报。正南一枝兵马，破围而来。杜老爷到也。〔众〕快开城门迎接去。“天地日流血，朝廷谁请缨。”〔众并下〕

【金钱花】〔外引众上〕连天杀气萧条，萧条。连城围了周遭，周遭，风喇喇，阵旗飘。叫开城，下吊桥。〔老旦等上〕〔合〕

文和武，索迎着。

〔老旦等跪介〕文武官属，迎接老大人。〔外〕起来，敌楼相见。

〔老旦等应，起下〕

【前腔】〔外〕胡尘染惹征袍，征袍。血花风腥宝刀，宝刀。〔内擂鼓介〕淮安鼓，扬州箫。摆鸾旗，登丽谯。〔合〕排衙了，列功曹。

〔到介〕〔贴扮办事官上〕禀老爷升堂。

【粉蝶儿引】〔外〕万里寄龙韬，那得戍楼清啸？

〔贴报门介〕文武官属进。〔老旦等参见介〕孤城累卵，方当万死之危；开府弄丸，来赴两家之难。凡俺官僚，礼当拜谢。〔外〕兵锋四起，劳苦诸公，皆老夫迟慢之罪，只长揖便了。〔众应起揖介〕〔外〕看来此贼颇有兵机。放俺入城，其中有计。〔众〕不过穿地道，起云梯，下官粗知备御。〔外〕怕的是锁城之法耳。〔丑〕敢问何谓锁城？是里面锁，外面锁？外面锁，锁住了溜金王；若里面锁，连下官都锁住了。〔外〕不提起罢了。城中兵几何？〔净〕一万三千。〔外〕粮草几何？〔末〕可支半年。〔外〕文武同心，救援可待。〔内擂鼓喊介〕〔生扮报子上〕报，报，李全兵紧围了。〔外长叹介〕这贼好无理也。

【划锹儿】兵多食广禁围绕，则要你文班武职两和调。〔众〕巡城彻昏晓，这军民苦劳。〔内喊介〕〔泣介〕〔合〕那兵风正号，俺军声静悄。〔外拜天，众扶同拜介〕泪洒孤城，把苍天暗祷。

【前腔】〔众〕危楼百尺堪长啸，筹边两字寄英豪。〔外〕江

淮未应小，君侯佩刀。〔合前〕

〔外〕从今日起，文官守城，武官出城，随机策应。〔丑〕则怕大金家兵来了。〔外〕金兵呵！

【尾声】他看头势而来不定交，休先倒折了赵家旗号。便来呵，也少不得死里求生那一着敲。

〔净〕日日风吹虏骑尘，陈　标
〔丑〕三千犀甲拥朱轮。陈　陶
〔外〕胸中别有安边计，曹　唐
〔众〕莫遣功名属别人。张　籍

第四十四出　急难

【菊花新】〔旦上〕晓妆台圆梦鹊声高，闲把金钗带笑敲。博山秋影摇，盼泥金俺明香暗焦。

“鬼魂求出世，贫落望登科。夫荣妻贵显，凝盼事如何？”俺杜丽娘跟随柳郎科试，偶逢天子招贤，只这些时还迟喜报。正是：“长安咫尺如千里，夫婿迢遥第一人。”

【出队子】〔生上〕词场凑巧，无奈兵戈起祸苗。盼泥金赚杀玉多娇，他待地窟里随人上九霄。一脉离魂，江云暮潮。

〔见介〕〔旦〕柳郎，你回来了。望你高车昼锦，为何徒步而回？

〔生〕听俺道来：

【瓦盆儿】去迟科试，收场锁院散群豪。〔旦〕咳，原来去迟了。〔生〕喜逢着旧知交。〔旦〕可曾补上？〔生〕亏他满船明月又把去珠淘。〔旦喜介〕好了。放榜未？〔生〕恰正在奏龙楼，开凤榜，蹊跷……〔旦〕怎生蹊跷？〔生〕你不知大金家兵起，杀过淮扬来了。忙喇煞细柳营，权将杏苑抛，刚则迟误了你夫人花诰。〔旦〕迟也不争几时。则问你，淮扬地方，便是俺爹爹管辖之处了？

〔生〕便是。〔旦哭介〕天也，俺的爹娘怎了！〔泣介〕〔生〕直恁的活擦擦、痛生生，肠断了。比如你在泉路里可心焦？

〔旦〕罢了。奴有一言，未忍启齿。〔生〕但说不妨。〔旦〕柳郎，放榜之期尚远，欲烦你淮扬打听爹娘消耗，未审许否？〔生〕谨依尊命。奈放小姐不下。〔旦〕不妨，奴家自会支吾。〔生〕这等就此起程了。

【榴花泣】〔旦〕白云亲舍，俺孤影旧梅梢。道香魂恁寂寥，怎知魂向你柳枝销。维扬千里，长是一灵飘。回生事少，爹娘呵，听的俺活在人间惊一跳。平白地凤婿过门，好似半青天鹊影成桥。

【前腔】〔生〕俺且行且止，两处系心苗。要留旅店伴多娇……〔旦〕有姑姑为伴。〔生〕阴人难伴你这冷长宵。把心儿不定，还怕你旧魂飘。〔旦〕再不飘了。〔生〕俺文高中高，怕一时榜下归难到。〔旦泣介〕俺爹娘呵！〔生〕你念双亲捨的离情，俺为半子怎惜攀高。

小姐，卑人拜见岳翁岳母，起头便问及回生之事了。

【渔家灯】〔旦叹介〕说的来似怪如妖，怕爹爹执古妆乔。〔想介〕有了，将奴春容带在身傍。但见了一幅春容，少不的问俺两下根苗。〔生〕问时怎生打话？〔旦〕则说是天曹，偶然注定的姻缘到，蓦踏着墓坟开了。〔生〕说你先到俺书斋才好。〔旦羞介〕休乔，这话教人笑。略说与梅香贼牢。

【前腔】〔生〕俺满意儿待驷马过门，和你离魂女同归气高。

谁承望探高亲去傍干戈，怕寒儒欠整衣毛。〔旦〕女婿老成些不妨。则途路孤恓，使奴挂念。〔生〕秋霄，云横雁字斜阳道，向秦淮夜泊魂销。〔旦〕夫，你去时冷落些，回来报中状元呵……〔生〕名标，大拜门喧笑，抵多少驸马还朝。

〔净上〕“雨伞晴兼雨，春容秋复春。”包袱雨伞在此。

【尾声】〔拜别介〕〔旦〕秀才朗探的个门楣着。〔生〕报重生这欢声不小。〔旦〕柳郎，那里平安了便回，休只顾的月明桥上听吹箫。

〔生〕不为经时谒丈人，刘　商
〔旦〕囊无一物献尊亲。杜　甫
〔生〕马蹄渐入扬州路，章孝标
〔旦〕两地各伤无限神。元　稹

第四十五出　寇间

【包子令】〔老旦、外扮贼兵巡哨上〕大王原是小喽罗，喽罗。娘娘原是小旗婆，旗婆。立下个草朝忒快活，亏心又去抢山河。〔合〕转巡罗，山前山后一声锣。

兄弟，大王爷攻打淮城，要个人见杜安抚打话。大路头影儿没一个，小路头寻去。〔唱前合下〕

【驻马听】〔末雨伞、包袱上〕家舍南安，有道为生新失馆。要腰缠十万，教学千年，方才满贯。俺陈最良为报杜小姐之事，扬州见杜安抚大人。谁知他淮安被围，教俺没前没后。大路上不敢行走，抄从小路而去。学先师传食走胡旋，怯书生避寇遭涂炭。你看树影凋残，猿啼虎啸教人叹。

〔老、外上〕“明知山有虎，故向虎边行。”乌汉那里去？〔拿介〕〔末〕饶命，大王。〔外〕还有个大王哩。〔末〕天，天怎了！正是：“乌鸦喜鹊同行，吉凶全然未保。”〔并下〕

【普贤歌】〔净、丑众上〕莽乾坤生俺贼儿顽，谁道贼人胆里单！南朝俺不蛮，北朝俺不番。甚天公有处安排俺？

〔净〕娘娘，俺和你围了淮安许时，只是不下。要得个人去淮安打话，兼看杜安抚动定如何。则眼下无人可使哩。〔丑〕必得杜老儿亲信之人，将计就计，方才可行。

【粉蝶儿】〔外绑末上〕没路走羊肠，天、天呵，撞入这屠门怎放！

〔见介〕〔外〕禀大王，拿的个南朝汉子在此。〔净〕是个老儿。何方人氏？作何生理？〔末〕听禀：

【大迓鼓】生员陈最良，南安人氏，访旧淮扬。〔净〕访谁？〔末〕便是杜安抚。他后堂曾设扶风帐。〔丑〕你原来他衙中教学。几个学生？〔末〕则他甄氏夫人，单生下一女。女书生年少亡。〔丑〕还有何人？〔末〕义女春香，夫人伴房。

〔丑笑背介〕一向不知杜老家中事体。今日得知，吾有计矣。〔回介〕这腐儒，且带在辕门外去。〔众应，押末下介〕〔丑〕大王，奴家有了一计。昨日杀了几个妇人，可于中取出首级二颗。则说杜家老小，回至扬州，被俺手下杀了。献首在此。故意苏放那腐儒，传示杜老。杜老心寒，必无守城之意矣。〔净〕高见，高见。〔净起低声分付介〕叫中军。〔生扮上〕〔净〕俺请那腐儒讲话中间，你可将昨日杀的妇人首级二颗来献，则说是杜安抚夫人甄氏和他使女春香。牢记着。〔生应下〕〔净〕左右，再拿秀才来见。〔众押末上介〕〔末〕饶命，大王。〔净〕你是个细作，不可轻饶。〔丑〕劝大王松了他，听他讲些兵法到好。〔净〕也罢。依娘娘说，松了他。〔众放末缚介〕〔末叩头介〕叩谢大王、娘娘不杀之恩。〔净〕起来，讲些兵法俺听。〔末〕卫灵公问陈于孔子，孔子不对。说道："吾未见好德如好色者也。"〔净〕这是怎么说？〔末〕则因彼时卫灵公有个夫人南子同座，先师所以怕得讲话。〔净〕他夫人是南子，俺这娘娘是妇人。〔内擂鼓，生扮报子上介〕报，报，报！扬州路上兵马，杀了杜安抚家小，径来献首级讨赏。〔净看介〕则怕是假的。〔生〕千真万真。夫人甄氏，这使女叫做春香。〔末做看认，惊哭介〕天呵，真个是老夫人和春香也。〔净〕咥，腐儒啼哭什么！还要打破淮城，杀杜老儿去。〔末〕饶了罢，大王。〔净〕要饶他，除非献了这座淮安城罢。〔末〕这等容生员去传示大王虎威，立取回报。〔丑〕大王恕你一刀，腐儒快走。

〔内擂鼓发喊，开门介〕〔末作怕介〕

【尾声】显威风、记的这溜金王。〔净、丑〕你去说与杜安抚呵，着什么耀武扬威早纳降。俺实实的要展江山、非是谎。〔下〕

〔末打躬送介〕〔吊场〕活强盗，活强盗。杀了杜老夫人、春香。不免城中报去。

海神东过恶风回，李　白
日暮沙场飞作灰。常　建
今日山翁旧宾主，刘禹锡
与人头上拂尘埃。李山甫

第四十六出　折寇

【破阵子】〔外戎装佩剑，引众上〕接济风云阵势，侵寻岁月边陲。〔内擂鼓喊介〕〔外叹介〕你看虎咆般炮石连雷碎，雁翅似刀轮密雪施。李全，李全，你待要霸江山、吾在此。

〔集唐〕"谁能谈笑解重围皇甫冉？万里胡天鸟不飞高骈。今日海门南畔事高骈，满头霜雪为兵机韦庄。"我杜宝自到淮扬，即遭兵乱。孤城一片，困此重围。只索调度兵粮，飞扬金鼓。生还无日，死守由天。潜坐敌楼之中，追想靖康而后。中原一望，万事伤心。

【玉桂枝】问天何意：有三光不辨华夷，把腥膻吹换人间，这望中原做了黄沙片地？〔恼介〕猛冲冠怒起，猛冲冠怒起，是谁弄的，江山如是？〔叹介〕中原已矣，关河困，心事违。也则愿保扬州，济淮水。俺看李全贼数万之众，破此何难？进退迟疑，其间有故。俺有一计可救围，恨无人与游说。

〔内擂鼓介〕〔净扮报子上〕"羽檄场中无雁到，鬼门关上有人来。"好笑，城围的铁桶似紧，有秀才来打秋风，则索报去。禀老爷：

有个故人相访。〔外〕敢是奸细？〔净〕说是江右南安府陈秀才。

〔外〕这迂儒怎生飞的进来？快请见。

【浣溪沙】〔末上〕摆旌旗，添景致，又不是闹元宵鼓炮齐飞。杜老爷在那里？〔外出笑迎介〕忽闻的千里故人谁？〔叹介〕原来是先生到此。教俺惊垂泪。〔末〕老公相头通白了。〔合〕白首相看俺与伊，三年一见愁眉。

〔拜介〕〔末〕〔集唐〕“头白乘驴悬布囊卢纶，〔外〕故人相见忆山阳谭用之。〔末〕横塘一别千馀里许浑，〔外〕却认并州作故乡贾岛。”〔末〕恭谂公相，又苦伤老夫人回扬州，被贼兵所算了。〔外惊介〕怎知道？〔末〕生员在贼营中，眼同验过老夫人首级，和春香都杀了。〔外哭介〕天呵，痛杀俺也！

【玉桂枝】相夫登第，表贤名甄氏吾妻。称皇宣一品夫人，又待伴俺立双忠烈女。想贤妻在日，想贤妻在日，凄然垂泪，俨然冠帔。〔外哭倒，众扶介〕〔末〕我的老夫人，老夫人怎了！你将官们也大家哭一声儿么！〔众哭介〕老夫人呵！〔外作恼拭泪介〕呀，好没来由！夫人是朝廷命妇，骂贼而死，理所当然。我怎为他乱了方寸，灰了军心？身为将，怎顾的私？任恓惶，百无悔。陈先生，溜金王还有话么？〔末〕不好说得，他还要杀老先生。〔外〕咳，他杀俺甚意儿？俺杀他全为国。

〔末〕依了生员，两下都不要杀。〔做扯外耳语介〕那溜金王要这座淮安城。〔外〕噤声！那贼营中是一个座位，是两个座位？〔末〕他和妻子连席而坐。〔外笑介〕这等，吾解此围必矣。先生竟为何来？〔末〕老先生不问，几乎忘了。为小姐坟儿被盗，径来相报。〔外惊介〕天呵！冢中枯骨，与贼何仇？都则为那些宝玩害了也。贼是谁？〔末〕老公相去后，道姑招了个岭南游棍柳梦梅为伴。见物起心，一夜劫坟逃去。尸骨丢在池水中。因此不远千里而告。〔外叹介〕女坟被发，夫人遭难。正是："未归三尺土，难保百年身。既归三尺土，难保百年坟。"也索罢了，则可惜先生一片好心。〔末〕生员拜别老公相后，一发贫薄了。〔外叹介〕军中仓卒，无以为情。我把一大功劳，先生干去。〔末〕愿效劳。〔外〕我久写下咫尺之书，要李全解散三军之众。余无可使，烦公一行。左右，取过书仪来。倘说得李全降顺，便可归奏朝廷，自有个出身之处。〔杂取书礼介〕"儒生三寸舌，将军一纸书。"书仪在此。〔末〕途费谨领。送书一事，其实怕人。〔外〕不妨。

【榴花泣】兵如铁桶，一使在其中。将折简、去和戎。陈先生，你志诚打的贼儿通。虽然寇盗奸雄，他也相机而动。〔末〕恐游说非书生之事。〔外〕看他开围放你来，其意可知。你这书生正好做传书用。〔末〕仗恩台一字长城，借寒儒八面威风。〔内鼓吹介〕

【尾声】戍楼羌笛话匆匆。事成呵，你归去朝廷沾寸宠，这纸书敢则是保障江淮第一封。

〔外〕隔河征战几归人？刘长卿

〔末〕五马临流待幕宾。卢　纶

〔外〕劳动先生远相访，王　建

〔末〕恩波自会惜枯鳞。刘长卿

第四十七出　围释

【出队子】〔贴扮通事上〕一天之下，南北分开两事家。中间放着个蓼儿洼，明助着番家打汉家。通事中间，拨嘴撩牙。

事有足诧，理有必然。自家溜金王麾下一名通事便是。好笑，好笑，俺大王助金围宋，攻打淮城。谁知北朝暗地差人去到南朝讲话！正是："暂通禽兽语，终是犬羊心。"〔下〕

【双劝酒】〔净引众上〕横江虎牙，插天鹰架。擂鼓扬旗，冲车甲马。把座锦城墙、围的阵云花。杜安抚、你有翅难加。

自家溜金王。攻打淮城，日久未下。外势虽然虎踞，中心未免孤疑。一来怕南朝大兵兼程策应，二来怕北朝见责委任无功：真个进退两难。待娘娘到来计议。〔丑上〕"驱兵捉将蚩尤女，捏鬼妆神豹子妻。"大王，你可听见大金家有人南朝打话，回到俺营门之外了？〔净〕有这事？〔老旦扮番将带刀骑马上〕

北【夜行船】大北里宣差传站马，虎头牌滴溜的分花。〔外扮马夫赶上介〕滑了，滑了。〔老旦〕那古里谁家？跑番了拽喇。怎生呵，大营盘没个人儿答煞。〔外大叫介〕溜金爷，北朝天使到来。〔下〕〔净、丑作慌介〕快叫通事请进。〔贴上，接跪介〕溜金王患病了。请那颜进。〔老旦〕可才、可才道句儿克卜喇。

〔下马，上坐介〕都儿都儿。〔净问贴介〕怎么说？〔贴〕恼了。〔净、丑举手，老旦做恼不回介〕〔指净介〕铁力温都答喇。〔净问贴介〕怎说？〔贴〕不敢说，要杀了。〔净〕却怎了？〔老旦做看丑笑介〕忽伶忽伶。〔丑问贴介〕〔贴〕叹娘娘生的妙。〔老旦〕克老克老。〔贴〕说走渴了。〔老旦手足做忙介〕兀该打刺。〔贴〕叫马乳酒。〔老旦〕约儿兀只。〔贴〕要烧羊肉。〔净叫介〕快取羊肉、乳酒来。〔外持酒肉上〕〔老旦洒酒，取刀割羊肉吃，笑，将羊油手擦胸介〕一六兀刺的。〔贴〕不恼了，说有礼体。〔老旦作醉介〕锁陀八，锁陀八。〔贴〕说醉了。〔老旦作看丑介〕倒喇倒喇。〔丑笑介〕怎说？〔贴〕要娘娘唱个曲儿。〔丑〕使得。

北【清江引】呀，哑观音觑着个番答辣，胡芦提笑哈。兀那是都麻，请将来岸答。撞门儿一句咬儿只不毛古喇。

通事，我斟一杯酒，你送与他。〔贴作送酒介〕阿阿儿该力。〔丑〕通事，说什么？〔贴〕小的禀娘娘送酒。〔丑〕着了。〔老旦作醉，看丑介〕孛知，孛知。〔贴〕又央娘娘舞一回。〔丑〕使得，取我梨花枪过来。

【前腔】〔持枪舞介〕冷梨花点点风儿刮，袅得腰身乍。胡旋儿打一车，花门折一花。把一个睃啜老那颜风势煞。

〔老旦反背，拍袖笑倒介〕忽伶忽伶。〔贴扶起老旦介〕〔老旦摆手倒地介〕阿来不来。〔贴〕这便是唱喏，叫唱一直。〔老旦笑点头招丑介〕哈嗷哈嗷。〔贴〕要问娘娘。〔丑笑介〕问什么？〔老旦扯丑轻说介〕哈嗷哈嗷兀该毛克喇，毛克喇。〔丑笑问贴介〕怎说。〔贴作摇头介〕问娘娘讨件东西。〔丑笑介〕讨什么？〔贴〕通事不敢说。〔老旦笑倒介〕古鲁古鲁。〔净背叫贴问介〕他要娘娘什么东西？古鲁古鲁不住的。〔贴〕这件东西，是要不得的。便要时，则怕娘娘不舍的。便是娘娘舍的，大王也不舍的。便大王舍的，小的也不舍的。〔净〕甚东西，直恁舍不的？〔贴〕他这话到明，哈嗷兀该毛克喇，要娘娘有毛的所在。〔净作恼介〕气也，气也。这臊子好大胆，快取枪来。〔净作持花枪赶杀介〕〔贴扶醉老旦走，老旦提酒壶叫"古鲁古鲁"架住枪介〕

北【尾】〔净〕你那醋葫芦指望把梨花架，臊奴，铁围墙敢靠定你大金家。〔搦倒老旦介〕则踹着你那几茎儿苫嘴的赤支砂，把那咽腥臊的噢子儿生搭杀。

〔丑扯住净，放老旦介〕〔老旦〕曳喇曳喇哈哩。〔指净介〕力娄吉丁母剌失，力娄吉丁母剌失。〔作闪袖走下介〕〔净〕气杀我也。那曳喇哈的什么？〔贴〕叫引马的去。〔净〕怎指着我力娄吉丁母剌失？〔贴〕这要奏过他主儿，叫人来相杀。〔净作恼介〕〔丑〕老大王，你可也当着不着的。〔净〕啐，着了你那毛克喇哩。〔丑〕便许他在那里，你却也忒捻酸。〔净不语介〕正是我一时风火性。大金家得知，这溜金王到有些欠稳。〔丑〕便是番使南朝而回，未必其中有话。〔净〕娘娘高见何如？〔丑〕容奴家措思。〔内擂鼓介〕〔贴扮报子上〕报，报，报！前日放去的秀才，从淮城中单马飞来。道有紧急，投见大王。〔丑〕恰好，着他进来。

【缕缕金】〔末上〕无之奈，可如何！书生承将令，强喽啰。〔内喊，末惊跌介〕一声金炮响，将人跌蹉。可怜、可怜！密札札干戈，其间放着我。

〔贴唱门介〕生员进。〔末见介〕万死一生生员陈最良百拜大王殿下，娘娘殿下。〔净〕杜安抚献了城池？〔末〕城池不为希罕，敬来献一座王位与大王。〔净〕寡人久已为王了。〔末〕正是官上加官，职上添职。杜安抚有书呈上。〔净看书介〕“通家生杜宝顿首李王麾下”。〔问末介〕秀才，我与杜安抚有何通家？〔末〕汉朝有个李、杜至交，唐朝也有个李、杜契友，因此杜安抚斗胆称个通家。〔净〕这老儿好意思。书有何言？

【一封书】〔读书介〕“闻君事外朝，虎狼心，难定交。肯回心圣朝，保富贵，全忠孝。平梁取采须收好，背暗投明带早超。凭陆贾，说庄跻。颙望麾慈即鉴昭。”

〔笑介〕这书劝我降宋，其实难从。“外密启一通，奉呈尊阃夫人。”〔笑介〕杜安抚也畏敬娘娘哩。〔丑〕你念我听。〔净看书介〕“通家生杜宝敛衽杨老娘娘帐前。”咳也，杜安抚与娘娘，又通家起来。〔末〕大王通得去，娘娘也通得去。〔净〕也通得去。只汉子不该说敛衽。〔末〕娘娘肯敛衽而朝，安抚敢不敛衽而拜！〔丑〕说的好。细念我听。〔净念书介〕“通家生杜宝敛衽杨老娘娘帐前：远闻金朝封贵夫为溜金王，并无封号及于夫人。此何礼也？杜宝久已保奏大宋，敕封夫人为讨金娘娘之职。伏惟妆次鉴纳。

不宣。”好也，到先替娘娘讨了恩典哩。〔丑〕陈秀才，封我讨金娘娘，难道要我征讨大金家不成？〔末〕受了封诰后，但是娘娘要金子，都来宋朝取用。因此叫做讨金娘娘。〔丑〕这等是你宋朝美意。〔末〕不说娘娘，便是卫灵公夫人，也说宋朝之美。〔丑〕依你说。我冠儿上金子，成色要高。我是带盔儿的娘子。近时人家首饰浑脱，就一个盔儿，要你南朝照样打造一付送我。〔末〕都在陈最良身上。〔净〕你只顾讨金讨金，把我这溜金王，溜在那里？〔丑〕连你也做了讨金王罢。〔净〕谢承了。〔末叩头介〕则怕大王、娘娘退悔。〔丑〕俺主意定了。便写下降表，赍发秀才回奏南朝去。

【前腔】〔净〕归依大宋朝，怕金家成祸苗。〔丑〕秀才，你担承这遭，要黄金须任讨。〔末〕大王，你鄱阳湖磬响收心早，娘娘，你黑海岸回头星宿高。〔合〕便休兵，随听招。免的名标在叛贼条。

〔净〕秀才，公馆留饭。星夜草表送行。〔举手送末，拜别介〕

【尾声】〔净〕咱比李山儿何足道，这杨令婆委实高。〔末〕带了你这一纸降书，管取那赵官家欢笑倒。

〔末下〕〔净、丑吊场〕〔净〕娘娘，则为失了一边金，得了两条王。人要一个王不能勾，俺领下两个王号。岂不乐哉！〔丑〕不要慌，还有第三个王号。〔净〕什么王号？〔丑〕叫做齐肩一字王。〔净〕怎么？〔丑〕杀哩。〔净〕随顺他，又杀什么？〔丑〕你俺两人作这大贼，全仗金鞑子威势。如今反了面，南朝拿你何难。〔净作恼介〕哎哟，俺有万夫不当之勇，何惧南朝！〔丑〕你真是个楚霸王，不到乌江不止。〔净〕胡说！便作俺做楚霸王，要你做虞美人，定不把赵康王占了你去。〔丑〕罢，你也做楚霸王不成，奴家的虞美人也做不成。换了题目做。〔净〕什么题目？〔丑〕范蠡载西施。〔净〕五湖在那里？——去做海贼便了。〔丑作分付介〕众三军，俺已降顺了南朝。暂解淮围，海上伺候去。〔众应介〕解围了。〔内鼓介〕船只齐备了，禀大王起行。〔众行介〕

【江头送别】淮扬外，淮扬外，海波摇动。东风劲，东风劲，锦帆吹送。夺取蓬莱为巢洞，鳌背上立着旗峰。

【前腔】顺天道，顺天道，放些儿闲空。招安后，招安后，再交兵言重。险做了为金家伤炎宋。权袖手，做个混海痴龙。

〔众〕禀大王娘娘，出海了。〔净〕且下了营，天明进发。

〔净〕干戈未定各为君，许　浑
〔丑〕龙斗雌雄势已分。常　建
〔净〕独把一麾江海去，杜　牧
〔众〕莫将弓箭射官军。窦　巩

第四十八出　遇母

【十二时】〔旦上〕不住的相思鬼，把前身退悔。土臭全消，肉香新长。嫁寒儒客店里孤栖。〔净上〕又着他攀高谒贵。

〔浣溪沙〕“〔旦〕寂寞秋窗冷簟纹，〔净〕明珰玉枕旧香尘，〔旦〕断潮归去梦郎频。〔净〕桃树巧逢前度客，〔旦〕翠烟真是再来人，〔合〕月高风定影随身。”〔旦〕姑姑，奴家喜得重生，嫁了柳郎。只道一举成名，回去拜访爹娘。谁知朝廷为着淮南兵乱，开榜稽迟。我爹娘正在围城之内，只得赍发柳郎往寻消耗，撇下奴家钱塘客店。你看那江声月色，凄怆人也。〔净〕小姐，比你黄泉之下，景致争多。〔旦〕这不在话下。

【针线厢】虽则是荒村店江声月色，但说着坟窝里前生今世，则这破门帘乱撒星光内，煞强似洞天黑地。姑姑呵，三不归父母如何的？七件事儿夫家靠谁？心悠曳，不死不活，睡梦里为个人儿。

〔净〕似小姐的罕有。

【前腔】伴着你半间灵位，又守见你一房夫婿。〔旦〕姑姑，那夜搜寻秀才，知我闪在那里？〔净〕则道画帧儿怎放的个人回避，做的事瞒神谑鬼。〔旦〕昏黑了，你看月儿黑黑的星儿晦，萤火青青似鬼火吹。〔旦〕好上灯了。〔净〕没油，黑坐地，三花两焰，留的你照解罗衣。

〔旦〕夜长难睡，还向主家借些油去。〔净〕你院子里坐坐，咱去借来。“合着油瓶盖，踏碎玉莲蓬。”〔下〕〔旦玩月叹介〕

【月儿高】〔老旦、贴行路上〕江北生兵乱，江南走多半。不载香车稳，趿的鞋鞓断。夫主兵权，望天涯生死如何判。前呼后拥，一个春香伴。凤髻消除，打不上扬州纂。上岸了，到临安。趁黄昏黑影林峦，生忔察的难投馆。

〔贴〕且喜到临安了。〔老旦〕咳，万死一逃生，得到临安府。俺女娘无处投，长路多孤苦。〔贴〕前面像是个半开门儿，蓦了进去。〔老旦进介〕呀，门房空静，内可有人？〔旦〕谁？〔贴〕是个女人声息。待打叫一声开门。

【不是路】〔旦惊介〕斜倚雕阑，何处娇音唤启关？〔老旦〕行程晚，女娘们借住霎儿间。〔旦〕听他言，声音不似男儿汉，待自起开门月下看。〔见介〕〔旦〕是一位女娘，请里坐。〔老旦〕相提盼，人间天上行方便。〔旦〕趋迎迟慢。趋迎迟慢。

〔打照面介〕〔老旦作惊介〕

【前腔】破屋颓椽，姐姐呵，你怎独坐无人灯不燃？〔旦〕这闲庭院，玩清光长送过这月儿圆。〔老旦背叫贴〕春香，这像谁来？〔贴惊介〕不敢说，好像小姐。〔老旦〕你快瞧房儿里面，还有甚人？

若没有人，敢是鬼也？〔贴下〕〔旦背〕这位女娘，好像我母亲，那丫头好像春香。〔作回问介〕敢问老夫人，何方而来？〔老旦叹介〕自淮安，我相公是淮扬安抚、遭兵难，我避虏逃生到此间。〔旦背介〕是我母亲了，我可认他？〔贴慌上，背语老旦介〕一所空房子，通没个人影儿。是鬼，是鬼！〔老旦作怕介〕〔旦〕听他说起，是我的娘也。〔旦向前哭娘介〕〔老旦作避介〕敢是我女孩儿？怠慢了你，你活现了。春香，有随身纸钱，快丢，快丢。〔贴丢纸钱介〕〔旦〕儿不是鬼。〔老旦〕不是鬼，我叫你三声，要你应我一声高如一声。〔做三叫三应，声渐低介〕〔老旦〕是鬼也。〔旦〕娘，你女儿有话讲。〔老旦〕则略靠远，冷淋侵一阵风儿旋，这般活现。〔旦〕那些活现？

〔旦扯老旦作怕介〕儿，手恁般冷。〔贴叩头介〕小姐，休要捻了春香。〔老旦〕儿，不曾广超度你，是你父亲古执。〔旦哭介〕娘，你这等怕，女孩儿死不放娘去了。

【前腔】〔净持灯上〕门户牢拴，为甚空堂人语喧？〔灯照地介〕这青苔院，怎生吹落纸黄钱？〔贴〕夫人，来的不是道姑？〔老旦〕可是。〔净惊介〕呀，老夫人和春香那里来？这般大惊小怪。看他打盘旋，那夫人呵，怕漆灯无焰将身远。小姐，恨不得幽室生辉得近前。〔旦〕姑姑快来，奶奶害怕。〔贴〕这姑姑敢也是个鬼？〔净扯老旦，照旦介〕休疑惮，移灯就月端详遍，可是当年人面？〔合〕是当年人面。

〔老旦抱旦泣介〕儿呵，便是鬼，娘也舍不的去了。

【前腔】肠断三年，怎坠海明珠去复旋？〔旦〕爹娘面，阴司里怜念把魂还。〔贴〕小姐，你怎生出的坟来？〔旦〕好难言。〔老旦〕是怎生来？〔旦〕则感的是东岳大恩眷，托梦一个书生把墓踹穿。〔老旦〕书生何方人氏？〔旦〕是岭南柳梦梅。〔贴〕怪哉，当真有个柳和梅。〔老旦〕怎同他来此？〔旦〕他来科选。〔老旦〕这等是个好秀才，快请相见。〔旦〕我央他看准扬动静去把爹娘探，因此上独眠深院，独眠深院。

〔老旦背与贴语介〕有这等事？〔贴〕便是，难道有这样出跳的鬼？

〔老旦回泣介〕我的儿呵！

【番山虎】则道你烈性上青天，端坐在西方九品莲，不道三年鬼窟里重相见。哭得我手麻肠寸断，心枯泪点穿。梦魂沉乱，我神情倒颠。看时儿立地，叫时娘各天。怕你茶饭无浇奠，牛羊侵墓田。〔合〕今夕何年？今夕何年？咦，还怕这相逢梦边。

【前腔】〔旦泣介〕你抛儿浅土，骨冷难眠。吃不尽爷娘饭，江南寒食天。可也不想有今日，也道不起从前。似这般糊突谜，甚时明白也天！鬼不要，人不嫌，不是前生断，今生怎得连！〔合前〕

〔老旦〕老姑姑，也亏你守着我儿。

【前腔】〔净〕近的话不堪提咽，早森森地心疏体寒。空和他做七做中元，怎知他成双成爱眷？〔低与老旦介〕我捉鬼拿奸，知他影戏儿做的恁活现？〔合〕这样奇缘，这样奇缘，打当了轮回一遍。

【前腔】〔贴〕论魂离倩女是有，知他三年外灵骸怎全？则恨他同棺椁、少个郎官，谁想他为院君这宅院。小姐呵，你做的相思鬼穿，你从夫意专。那一日春香不铺其孝筵，那节儿夫人不哀哉醮荐？早知道你撇离了阴司，跟了人上船！〔合前〕

【尾声】〔老旦〕感得化生女显活在灯前面。则你的亲爹，他在贼子窝中没信传。〔旦〕娘放心，有我那信行的人儿，他穴地通天，打听的远。

想象精灵欲见难，欧阳詹
碧桃何处便骖鸾？薛　逢
莫道非人身不暖，白居易
菱花初晓镜光寒。许　浑

第四十九出　淮泊

【三登乐】〔生包袱、雨伞上〕有路难投，禁得这乱离时候！走孤寒落叶知秋。为娇妻思岳丈，探听扬州。又谁料他困守淮扬，索奔前答救。

〔集唐〕“那能得计访情亲李白？浊水污泥清路尘韩愈。自恨为儒逢世难卢纶，却怜无事是家贫韦庄。”俺柳梦梅阳世寒儒，蒙杜小姐阴司热宠，得为夫妇，相随赴科。且喜殿试撺过卷子，又被边报耽误榜期。因此小姐呵，闻说他尊翁淮扬兵急，叫俺沿路上体访安危。亲赍一幅春容，敬报再生之喜。虽则如此，客路贫难，诸凡路费之资，尽出圹中之物。其间零碎宝玩，急切典卖不来。有些成器金银，土气销镕有限。兼且小生看书之眼，并不认的等子星儿。一路上赚骗无多，逐日里支分有尽。得到扬州地面，恰好岳丈大人移镇淮城。贼兵阻路，不敢前进。且喜因循解散，不免迤逦数程。

【锦缠道】早则要、醉扬州寻杜牧，梦三生花月楼，怎知他长淮去休！那里有缠十万顺天风、跨鹤闲游！则索傍渔樵寻食宿、败荷衰柳，添一抹五湖秋。那秋意儿有许多迤逗！咱功名事未酬，冷落我断肠闺秀。堪回首？算江南江北有十分愁。

一路行来，且喜看见了插天高的淮城，城下一带清长淮水。那城楼之上，还挂有丈六阔的军门旗号。大吹大擂，想是日晚掩门了。且寻小店歇宿。〔丑上〕“多搀白水江湖酒，少赚黄边风月钱。”秀才投宿么？〔生进店介〕〔丑〕要果酒，案酒？〔生〕天性不饮。〔丑〕柴米是要的？〔生〕吃倒算。〔丑〕算倒吃。〔生〕花银五分在此。〔丑〕高银散碎些，待我称一称。〔称介，作惊叫介〕银子走了。〔寻介〕〔生〕怎的大惊小怪？〔丑〕秀才，银子地缝里走了。你看碎珠儿。〔生〕这等还有几块在这里。〔丑接银又走，三度介〕呀，秀才原来会使水银？〔生〕因何是水银？〔背介〕是了，是小姐殡敛之时，水银在口。龙含土成珠而上天，鬼含汞成丹而出世，理之然也。此乃见风而化。原初小姐死，水银也死；如今小姐活，水银也活了。则可惜这神奇之物，世人不知。〔回介〕也罢了。店主人，你将我花银都消散去了，如今一厘也无。这本书是我平日看的，准酒一壶。〔丑〕书破了。〔生〕贴你一枝笔，〔丑〕笔开花了。〔生〕此中使客往来，你可也听见“读书破万卷”？〔丑〕不听见。〔生〕可听见“梦笔吐千花”？〔丑〕不听见。

【皂罗袍】〔生作笑介〕可笑一场闲话，破诗书万卷，笔蕊千花。是我差了，这原不是换酒的东西。〔丑笑介〕“神仙留玉佩，卿相解金貂。”〔生〕你说金貂玉佩，那里来的？有朝货与帝王家，金貂玉佩书无价。你还不知道，便是千金小姐，依然嫁他。一朝臣宰，端然拜他。〔丑〕要他则甚？〔生〕读书人把笔安天下。

〔生〕不要书，不要笔，这把雨伞可好？〔丑〕天下雨哩。〔生〕明日不走了。〔丑〕饿死在这里？〔生笑介〕你认的淮扬杜安抚么？〔丑〕谁不认的！明日吃太平宴哩。〔生〕则我便是他女婿来探望他。〔丑惊介〕喜是相公说的早，杜老爷多早发下请书了。〔生〕请书那里？〔丑〕和相公瞧去。〔丑请生行介〕待小人背褡裢雨伞。〔行介〕〔生〕请书那里？〔丑〕兀的不是！〔生〕这是告示居民的。〔丑〕便是。你瞧！

【前腔】"禁为闲游奸诈。"杜老爷是巴上生的："自三巴到此，万里为家。不教子侄到官衙，从无女婿亲闲杂。"这句单指你相公："若有假充行骗，地方禀拿。"下面说小的了："扶同歇宿，罪连主家。为此须至关防者。"

右示通知。建炎三十二年五月日示。"你看后面安抚司杜大花押。上面盖着一颗"钦差安抚淮扬等处地方提督军务安抚司使之印"，鲜明紫粉。相公，相公，你在此消停，小人告回了。"各人自扫门前雪，休管他家屋上霜。"〔下〕〔生哭介〕我的妻，你怎知丈夫到此凄惶无地也。〔作望介〕呀，前面房子门上有大金字，咱投宿去。〔看介〕四个字："漂母之祠。"怎生叫做漂母之祠？〔看介〕原来壁上有题："昔贤怀一饭，此事已千秋。"是了，乃前朝淮阴侯韩信之恩人也。我想起来，那韩信是个假齐王，尚然有人一饭，俺柳梦梅是个真秀才，要杯冷酒不能够！像这漂母，俺拜他一千拜。

【莺皂袍】〔拜介〕垂钓楚天涯，瘦王孙，遇漂纱。楚重瞳较比这秋波瞎。太史公表他，淮安府祭他，甫能够一饭千金价。看古来妇女多有俏眼儿：文公乞食，僖妻礼他；昭关乞食，相逢浣纱。风尖头叩首三千下。

起更了，廊下一宿。早去伺候开门。没水梳洗。〔看介〕好了，下雨哩。

旧事无人可共论，韩　愈
只应漂母识王孙。王　遵
辕门拜手儒衣弊，刘长卿
莫使沾濡有泪痕。韦洵美

第五十出 闹宴

【梁州令】〔外引丑众上〕长淮千骑雁行秋，浪卷云浮。思乡泪国倚层楼。〔合〕看机遣，逢奏凯，且迟留。

〔昭君怨〕“万里封侯岐路，几两英雄草屦。秋城鼓角催，老将来。烽火平安昨夜，梦醒家山泪下。兵戈未许归，意徘徊。”我杜宝身为安抚，时值兵冲。围绝救援，贻书解散。李寇既去，金兵不来。中间善后事宜，且自看详停当。分付中军门外伺候。〔众下〕〔丑把门介〕〔外叹介〕虽有存城之欢，实切亡妻之痛。〔泪介〕我的夫人呵，昨已单本题请他的身后恩典，兼求赐假西归。未知旨意如何？正是：“功名富贵草头露，骨肉团圆锦上花。”〔看文书介〕

【金蕉叶】〔生破衣巾携春容上〕穷愁客愁，正摇落雁飞时候。〔整容介〕帽儿光整顿从头，还则怕未分明的门楣认否？

〔丑喝介〕什么人行走？〔生〕是杜老爷女婿拜见。〔丑〕当真？〔生〕秀才无假。〔丑进禀介〕〔外〕关防明白了。〔问丑介〕那人材怎的？〔丑〕也不怎的。袖着一幅画儿。〔外笑介〕是个画师。则说老爷军务不闲便了。〔丑见生介〕老爷军务不闲。请自在。〔生〕叫我自在，自在不成人了。〔丑〕等你去，成人不自在。〔生〕老爷可拜客去么？〔丑〕今日文武官僚吃太平宴，牌簿都缴了。〔生〕大哥，怎么叫做太平宴？〔丑〕这是各边方年例。则今年退了贼，筵宴盛些。席上有金花树，银台盘，长尺头，大元宝，无数的。你是老爷女婿，背几个去。〔生〕原来如此。则怕进见之时，考一首《太平宴诗》，或是《军中凯歌》，或是《淮清颂》，急切怎好？且在这班房里等着打想一篇，正是“有备无患”。〔丑〕秀才还不走，文武官员来也。〔生下〕

【梁州令】〔末扮武官上〕长淮望断塞垣秋，喜兵甲潜收。贺升平、歌颂许吾流。〔净扮武官上〕兼文武，陪将相，宴公侯。

请了。〔末〕今日我文武官属太平宴，水陆务须华盛，歌舞都要整齐。〔末、净见介〕圣天子万灵拥辅，老君侯八面威风。寇兵销咫尺之书，军礼设太平之宴。谨已完备，望乞俯容。〔外〕军功虽卑末难当，年例有诸公怎废？难言奏凯，聊用舒怀。〔内鼓吹介〕〔丑持酒上〕“黄石兵书三寸舌，清河雪酒五加皮。”酒到。

【梁州序】〔外浇酒介〕天开江左，地冲淮右。气色夜连刁斗。〔末、净进酒介〕长城一线，何来得御君侯！喜平销战气，不动征旗，一纸书回寇。那堪羌笛里望神州！这是万里筹边第一楼。〔合〕乘塞草，秋风候，太平筵上如淮酒，尽慷慨，为君寿。

【前腔】〔外〕吾皇福厚。群才策凑，半壁围城坚守。〔末、净〕分明军令，杯前借箸题筹。〔外〕我题书与李全夫妇呵，也是燕

支却虏，夜月吹篪，一字连环透。不然无救也怎生休！不是天心不聚头。〔合前〕

〔内擂鼓介〕〔老旦扮报子上〕“金貂并入三公府。锦帐谁当万里城？”报老爷奏本已下，奉有圣旨，不准致仕。钦取老爷还朝，同平章军国大事。老夫人追赠一品贞烈夫人。〔末、净〕平章乃宰相之职，君侯出将入相，官属不胜欣仰。

【前腔】〔末、净送酒介〕揽貂蝉岁月淹留，庆龙虎风云辐辏。君侯此一去呵，看洗兵河汉，接天高手。偏好桂花时节，天香随马，箫鼓鸣清昼。到长安宫阙里报高秋，可也河上砧声忆旧游？〔合前〕

〔外〕诸公皆高才壮岁，自致封侯。如杜宝者，白首还朝，何足道哉！

【前腔】每日价看镜登楼，泪沾衣浑不如旧。似江山如此，光阴难又。猛把吴钩看了，阑干拍遍，落日重回首。此去呵，恨南归草草也寄东流，〔举手介〕你可也明月同谁啸庾楼？〔合前〕

〔生上〕“腹稿已吟就，名单还未通。”〔见丑介〕大哥替我再一禀。〔丑〕老爷正吃太平宴。〔生〕我太平宴诗也想完一首了，太平宴还未完。〔丑〕谁叫你想来？〔生〕大哥，俺是嫡亲女婿，没奈何禀一禀。〔丑进禀介〕禀老爷，那个嫡亲女婿没奈何禀见。〔外〕好打！〔丑出作恼，推生走介〕〔生〕“老丈人高宴未终，咱半子礼当恭候。”〔下〕〔旦、贴扮女乐上〕“壮士军前半死生，美人帐下能歌舞。”营妓们叩头。

【节节高】辕门箫鼓啾，阵云收。君恩可借淮扬寇？貂插首，玉垂腰，金佩肘。马敲金镫也秋风骤，展沙堤笑拂朝天袖。〔合〕但卷取江山献君王，看玉京迎驾把笙歌奏。

〔生上〕“欲穷千里目，更上一层楼。”想歌阑宴罢，小生饥困了。不免冲席而进。〔丑拦介〕饿鬼不羞？〔生恼介〕你是老爷跟马贱人，敢辱我乘龙贵婿？打不的你。〔生打丑介〕〔外问介〕军门外谁敢喧嚷？〔丑〕是早上嫡亲女婿叫做没奈何的，破衣、破帽、破褡裢、破雨伞，手里拿一幅破画儿，说他饿的荒了，要来冲席。但劝的都打，连打了九个半，则剩下小的这半个脸儿。〔外恼介〕可恶。本院自有禁约，何处寒酸，敢来胡赖？〔末、净〕此生委系乘龙，属官礼当攀凤。〔外〕一发中他计了。叫中军官暂时拿下那光棍。逢州换驿，递解到临安监候者。〔老旦扮中军官应介〕〔出缚生介〕〔生〕冤哉，我的妻呵！“因贪弄玉为秦赘，且戴儒冠学楚囚。”〔下〕〔外〕诸公不知。老夫因国难分张，心痛如割。又放着这等一个无名子来聒噪人，愈生伤感。〔末、净〕老夫人受有国恩，名标烈史。兰玉自有，不必虑怀。叫乐人进酒。

【前腔】〔末、净〕江南好宦游。急难休，樽前且进平安酒。看福寿有，子女悠，夫人又。〔外〕竟醉矣。〔旦、贴作扶介〕〔外泪介〕闪英雄泪渍盈盈袖，伤心不为悲秋瘦。〔合前〕

〔外〕诸公请了。老夫归朝念切，即便起程。〔内鼓乐介〕

【尾声】明日离亭一杯酒。〔末、净〕则无奈丹青圣主求。〔外笑介〕怕画的上麒麟人白首。

〔外〕万里沙西寇已平，张　乔

〔末〕东归衔命见双旌。韩　翃

〔净〕塞鸿过尽残阳里，耿　沣

〔众〕淮水长怜似镜清。李　绅

第五十一出　榜下

〔老旦、丑扮将军持瓜、锤上〕“凤舞龙飞作帝京，巍峨宫殿羽林兵。天门欲放传胪喜，江路新传奏凯声。”请了。圣驾升殿，在此祗候。

北【点绛唇】〔外扮老枢密上〕整点朝纲，运筹边饷，山河壮。〔净扮苗舜宾上〕翰苑文章，显豁的升平象。

请了，恭喜李全纳款，皆老枢密调度之功也。〔外〕正此引奏。前日先生看定状元试卷，蒙圣旨武偃文修，今其时矣。〔净〕正此题请。呀，一个老秀才走将来。好怪，好怪！〔末破衣巾捧表上〕“先师孔夫子，未得见周王。本朝圣天子，得睹我陈最良。”非小可也。〔见外、净介〕生员陈最良告揖。〔净惊介〕又是遗才告考么？〔末〕不敢，生员是这枢密老大人门下引奏的。〔外〕则这生员，是杜安抚叫他招安了李全，便中带有降表。故此引见。〔内响鼓，唱介〕奏事官上御道。〔外前跪，引末后跪、叩头介〕〔外〕掌管天下兵马知枢密院事臣谨奏：恭贺吾主，圣德天威。淮寇来降，金兵不动。有淮扬安抚臣杜宝，敬遣南安府学生员臣陈最良奏事，带有李全降表进呈。微臣不胜欢忭！〔内介〕杜宝招安李全一事，就着生员陈最良详奏。〔外〕万岁！〔起介〕〔末〕带表生员臣陈最良谨奏：

【驻云飞】淮海维扬，万里江山气脉长。那安抚机谋壮，矫诏从宽荡。嗏，李贼快迎降，他表文封上。金主闻知，不敢兵南向。他则好看花到洛阳，咱取次擒胡到汴梁。

〔内介〕奏事的午门候旨。〔末〕万岁！〔起介〕〔净跪介〕前廷试看详文字官臣苗舜宾谨奏：

【前腔】殿策贤良，榜下诸生候久长。乱定人欢畅，文运天开放。嗏，文字已看详，胪传须唱。莫遣夔龙，久滞风云望。早是蟾宫桂有香，御酒封题菊半黄。

〔内介〕午门外候旨。〔净〕万岁！〔起行介〕今当榜期，这些寒儒，却也候久。〔外笑介〕则这陈秀才夹带一篇海贼文字，到中得快。〔内介〕圣旨已到，跪听宣读。"朕闻李全贼平，金兵回避。甚喜，甚喜。此乃杜宝大功也。杜宝已前有旨，钦取回京。陈最良有奔走口舌之才，可充黄门奏事官，赐其冠带。其殿试进士，于中柳梦梅可以状元。金瓜仪从，杏苑赴宴。谢恩。"〔众呼"万岁"起介〕〔众扮杂取冠带上〕"黄门旧是黉门客，蓝袍新作紫袍仙。"〔末作换冠服介〕二位老先生，告揖。〔外、净贺介〕恭喜，恭嘉。明日便借重新黄门唱榜了。〔末〕适间宣旨，状元柳梦梅何处人？〔净〕岭南人，此生遭际的奇异。〔外〕有甚奇异？〔净〕其日试卷看详已定，将次进呈。恰好此生午门外放声大哭，告收遗才。原来为搬家小到京迟误。学生权收他在附卷进呈，不想点中状元。

〔外〕原来有此！〔末背想介〕听来敢便是那个、那个柳梦梅？他那有家小？是了，和老道姑做一家儿。〔回介〕不瞒老先生，这柳梦梅也和晚生有旧。〔外、净〕一发可喜可贺了。

〔净〕榜题金字射朝晖，郑　畋
〔外〕独奏边机出殿迟。王　建
〔末〕莫道官忙身老大，韩　愈
〔合〕曾经卓立在丹墀。元　稹

第五十二出 索元

【吴小四】〔净扮郭驼伞、包上〕天九万，路三千。月余程，抵半年。破虱装衣担压肩，压的头脐匾又圆，扢喇察龟儿爬上天。

谢天，老驼到了临安。京城地面，好不繁华。则不知柳秀才去向，俺且往天街上瞧去。呀，一伙臭军踢秃秃走来，且自回避。正是："不因渔父引，怎得见波涛！"〔下〕

【六幺令】〔老旦、丑扮军校旗、锣上〕朝门榜遍，怎生状元柳梦梅不见？又不是黄巢下第题诗赴。排门的问，刻期宣，再因循敢淹答了杏园公宴。

〔老旦笑介〕好笑，好笑，大宋国一场怪事。你道差不差？中了状元干鳖煞。你道奇不奇？中了状元啰唣唏。你道兴不兴？中了状元胡厮踁。你道山不山？中了状元一道烟。天下人古怪，不像岭南人。你瞧这驾牌上，"钦点状元岭南柳梦梅，年二十七岁，身中材，面白色。"这等明明道着，却普天下找不出这人？敢家去哩，亡化哩，睡觉哩？则淹了琼林宴席面儿。〔丑〕哥，人山人海，那里淘气去？俺们把一位带了儒巾吃宴去。正身出来，算还他席面钱。〔老〕使不得，羽林卫宴老军替得，琼林宴进士替不得。他要杏苑题诗。〔丑〕哥，看见几个状元题诗哩。依你说叫去。〔行叫介〕状元柳梦梅那里？〔叫三次介〕〔老旦〕长安东西十二门，大街都无人应，小胡同叫去。〔丑〕这苏木胡同有个海南会馆。叫地方问去。〔叫介〕〔内应介〕老长官贵干？〔老旦、丑〕天大事，你在睡梦哩！听分付。

【香柳娘】问新科状元，问新科状元。〔内〕何处人？〔众〕广南乡贯。〔内〕是何名姓？〔众〕柳梦梅面白无巴缱。〔内〕谁寻他来？〔众〕是当今驾传，是当今驾传。要得柳如烟，才开杏花宴。〔内〕俺这一带铺子都没有，则瓦市王大姐家歇着个番鬼。〔众〕这等，去，去，去！〔合〕柳梦梅也天，柳梦梅也天。好几个盘旋，影儿不见。〔下〕

〔集句〕〔贴扮妓上〕“残莺何事不知秋李后主？日日悲看水独流王昌龄。便从巴峡穿巫峡杜甫，错把杭州作汴州林升。”奴家王大姐是也。开个门户在此。天，一个孤老不见，几个长官撞的来。〔老旦、丑上〕王大姐喜哩。柳状元在你家。〔贴〕什么柳状元？〔众〕番鬼哩。〔贴〕不知道。〔众〕地方报哩。

【前腔】笑花牵柳眠，笑花牵柳眠。〔贴〕昨日有个鸡，不着裤去了。〔众〕原来十分形现。敢柳遮花映做葫芦缠。有状元么？〔贴〕则有个状匾。〔丑〕房儿里状匾去。〔进房搜介〕〔众诨，贴走下介〕〔众〕找烟花状元，找烟花状元。热赶在谁边，毛臊打教遍。去罢。〔合前〕〔下〕

【前腔】〔净拐杖上〕到长安日边，到长安日边。果然风完，九街三市排场遍。柳相公呵，他行踪杳然，他行踪杳然。有了俏家缘，风声儿落谁店？少不的大道上行走。那柳梦梅也天！〔老旦、丑上〕柳梦梅也天！好几个盘旋，影儿不见。

〔丑作撞跌净，净叫介〕跌死人，跌死人！〔丑作拿净介〕俺们叫柳梦梅，你也叫柳梦梅。则拿你官里去。〔净叩头介〕是了，梅花观的事发了。小的不知情。〔众笑介〕定说你知情！是他什么人？〔净〕听禀：老儿呵！

【前腔】替他家种园，替他家种园，远来探看。〔众作忙〕可寻着他哩？〔净〕猛红尘透不出东君面。〔众〕你定然知他去向。〔净〕长官可怜，则听是他到南安，其余不知。〔众〕好笑，好笑！他到这临安应试，得中状元了。〔净惊喜介〕他中了状元，他中了状元！踏的菜园穿，攀花上林苑。

长官，他中了状元，怕没处寻他！〔众〕便是哩。〔合前〕〔众〕也罢，饶你这老儿，协同寻他去。

〔老〕一第由来是出身，郑　谷
〔丑〕五更风水失龙鳞。张　曙
〔净〕红尘望断长安陌，韦　庄
〔合〕只在他乡何处人？杜　甫

第五十三出　硬拷

【风入松慢】〔生上〕无端雀角土牢中。是什么孔雀屏风？一杯水饭东床用，草床头绣褥芙蓉。天呵，系颈的是定昏店，赤绳羁凤；领解的是蓝桥驿，配递乘龙。

〔集唐〕"梦到江南身旅羁方干，包羞忍耻是男儿杜牧。自家妻父犹如此孙元晏，若问傍人那得知崔颢！"俺柳梦梅因领杜小姐言命，去淮扬谒见杜安抚。他在众官面前，怕俺寒儒薄相，故意不行识认，递解临安。想他将次下马，提审之时，见了春容，不容不认。只是眼下凄惶也。〔净扮狱官，丑扮狱卒持棍上〕"试唤皋陶鬼，方知狱吏尊。"咄！淮安府解来囚徒那里？〔生见举手介〕〔净〕见面钱？〔生〕少有。〔丑〕入监油？〔生〕也无。〔净恼介〕哎呀，一件也没有，大胆来举手。〔打介〕〔生〕不要打，尽行装检去便了。〔丑检介〕这个酸鬼，一条破被单，裹一轴小画儿。〔看画介〕〔丑〕是轴观音，送奶奶供养去。〔生〕都与你去，则留下轴画儿。〔丑作抢画，生扯介〕〔末扮公差上〕"僵杀乘龙婿，冤遭下马威。"狱官那里？〔丑揖介〕原来平章府祗候哥。〔末票示介〕平章府提取送解犯人一名，及随身行李赴审。〔丑〕人犯在此，行李一些也无。〔生〕都是这狱官搬去了。〔末〕搬了几件？拿狗官平章府去。〔净、丑慌叩头介〕则这轴画、被单儿。〔末〕这狗官！还了秀才，快起解去。〔净、丑应介〕〔押生行介〕老相公，你便行动些儿。“略知孔子三分礼，不犯萧何六尺条。”〔下〕

【唐多令】〔外引众上〕玉带蟒袍红，新参近九重。耿秋光长剑倚崆峒。归到把平章印总，浑不是、黑头公。

〔集唐〕“秋来力尽破重围罗邺。入掌银台护紫微李白。回头却叹浮生事李中，长向东风有是非罗隐。”自家杜平章。因淮扬平寇，叨蒙圣恩，超迁相位。前日有个棍徒，假充门婿。已着递解临安府监候。今日不免取来细审一番。〔净、丑押生上〕〔杂扮门官唱门介〕临安府解犯人进。〔见介〕〔生〕岳丈大人拜揖。〔外坐笑介〕〔生〕人将礼乐为先。〔众大呼喝介〕〔生长叹介〕

【新水令】则这怯书生剑气吐长虹，原来丞相府十分尊重，声息儿忒汹涌。咱礼数缺通融，曲曲躬躬；他那里半抬身全不动。

〔外〕寒酸，你是那色人数？犯了法，在相府阶前不跪！

〔生〕生员岭南柳梦梅，乃老大人女婿。

〔外〕呀，我女已亡故三年。不说到纳采下茶，便是指腹裁襟，一些没有。何曾得有个女婿来？可笑，可恨！祗候门与我拿下。

〔生〕谁敢拿！

【步步娇】〔外〕我有女无郎，早把他青年送。划口儿轻调哄。便做是我远房门婿呵，你岭南，吾蜀中，牛马风遥，甚处里丝萝共？敢一棍儿走秋风！指说关亲、骗的军民动。

〔生〕你这样女婿，眠书雪案，立榜云宵，自家行止用不尽，定要秋风老大人？〔外〕还强嘴！搜他裹袱里，定有假雕书印，并赃拿贼。〔丑开袱介〕破布单一条，画观音一幅。〔外看画惊介〕呀，见赃了。这是我女孩儿春容。你可到南安，认的石道姑么？〔生〕认的。〔外〕认的个陈教授么？〔生〕认的。〔外〕天眼恢恢，原来劫坟贼便是你。左右采下打。〔生〕谁敢打？〔外〕这贼快招来。〔生〕谁是贼？老大人拿贼见赃，不曾捉奸见床来。

【折桂令】你道证明师一轴春容。〔外〕春容分明是殉葬的。〔生〕可知道是苍苔石缝，迸坼了云踪？〔外〕快招来。〔生〕我一谜的承供，供的是开棺见喜，搅煞逢凶。〔外〕圹中还有玉鱼、金碗。〔生〕有金碗呵，两口儿同匙受用；玉鱼呵，和我九泉下比目和同。〔外〕还有哩。〔生〕玉碾的玲珑，金锁的玎玎。〔外〕都是那道姑。〔生〕则那石姑姑他识趣拿奸纵，却不似你杜爷爷逞拿贼威风。

〔外〕他明明招了。叫令史取过一张坚厚官绵纸，写下亲供：“犯人一名柳梦梅，开棺劫财者斩。”写完，发与那死囚，于斩字下押个花字。会成一宗文卷，放在那里。〔贴扮吏取供纸上〕禀老爷定个斩字。〔外写介〕〔贴叫生押花字〕〔生不伏介〕〔外〕你看这吃敲才！

【江儿水】眼脑儿天生贼，心机使的凶。还不画花？〔生〕谁惯来。〔外〕你纸笔砚墨则好招详用。〔生〕生员又不犯奸盗。〔外〕你奸盗诈伪机谋中。〔生〕因令爱之故。〔外〕你精奇古怪虚头弄。〔生〕令爱现在。〔外〕现在么，把他玉骨抛残心痛。〔生〕抛在那里？〔外〕后苑池中，月冷断魂波动。

〔生〕谁见来？〔外〕陈教授来报知。〔生〕生员为小姐费心，除了天知地知，陈最良那得知！

【雁儿落】我为他礼春容、叫的凶，我为他展幽期、耽怕恐，我为他点神香、开墓封，我为他唾灵丹、活心孔，我为他偎熨的体酥融，我为他洗发的神清莹，我为他度情肠、款款通，我为他启玉肱、轻轻送，我为他轻温香、把阳气攻，我为他抢性命、把阴程迸。神通，医的他女孩儿能活动。通也么通，到如今风月两无功。

〔外〕这贼都说的是什么话？着鬼了。左右，取桃条打他，长流水喷他。〔丑取桃条上〕“要的门无鬼，先教园有桃。”桃条在此。〔外〕高吊起打。〔众吊起生，作打介〕〔生叫痛，转动，众诨、打鬼介，喷水介〕〔净扮郭驼拐杖同老旦、贴扮军校持金瓜上〕“天上人间忙不忙？开科失却状元郎。”一向找寻柳梦梅，今日再寻不见，打老驼。〔净〕难道要老驼赔？买酒你吃，叫去罢。〔叫介〕状元柳梦梅那里？〔外听介〕〔众叫下〕〔外问丑介〕〔丑〕不见了新科状元，圣旨着沿街寻叫。〔生〕大哥，开榜哩。状元谁？〔外恼介〕这贼闲管，掌嘴，掌嘴。〔丑掌生嘴介〕〔生叫冤屈介〕

〔老旦、贴、净依前上〕“但闻丞相府，不见状元郎。”咦，平章府打喧闹哩。〔听介〕〔净〕里面声息，像有俺家相公哩！〔众进介〕〔净向前见哭介〕吊起的是我家相公也！〔生〕列位救我。〔净〕谁打相公来？〔生〕是这平章。〔净将拐杖打外介〕拼老命打这平章。〔外恼介〕谁敢无礼？〔老旦、贴〕驾上的，来寻状元柳梦梅。〔生〕大哥，柳梦梅便是小生。〔净向前解生，外扯净跌介〕〔生〕你是老驼，因何至此？〔净〕俺一径来寻相公，喜的中了状元。〔生〕真个的！快向钱塘门外报与杜小姐知道。〔老旦、贴〕找着了状元，俺们也报知黄门官奏去。“未去朝天子，先来激相公。”〔下〕〔外〕一路的光棍去了。正好拷问这厮，左右再与俺吊将起。〔生〕待俺分诉些，难道状元是假得的？〔外〕凡为状元者，有登科录为证。你有何据？则是吊了打便了。〔生叫苦介〕〔净扮苗舜宾引老旦，贴扮堂候官，捧冠袍带上〕“踏破草鞋无觅处，得来全不费工夫。”老公相住手，有登科录在此。

【侥侥犯】〔净〕则他是御笔亲标第一红，柳梦梅为梁栋。〔外〕敢不是他？〔净〕是晚生本房取中的。〔生〕是苗老师哩，救门生一救！〔净笑介〕你高吊起文章钜公，打桃枝受用。告过老公相，军校，快请状元下吊。〔贴放，生叫“疼煞”介〕〔净〕可怜，可怜！是斯文倒吃尽斯文痛，无情棒打多情种。〔生〕他是我丈人。〔净〕原来是倚太山压卵欺鸾凤。

〔老旦〕状元悬梁、刺股。〔净〕罢了，一领宫袍遮盖去。〔外〕什么宫袍，扯了他！

【收江南】〔外扯住冠服介〕〔生〕呀，你敢抗皇宣骂敕封，早裂绽我御袍红。似人家女婿呵，拜门也似乘龙。偏我帽光光走空，你桃夭夭煞风。〔老旦替生冠服插花介〕〔生〕老平章，好看我插宫花帽压君恩重。

〔外〕柳梦梅怕不是他。果是他，便童生应试，也要候案。怎生殿试了，不候榜开，来淮扬胡撞？〔生〕老平章是不知。为因李全兵乱，放榜稽迟。令爱闻得老平章有兵寇之事，着我一来上门，二来报他再生之喜，三来扶助你为官。好意成恶意，今日可是你女婿了？〔外〕谁认你女婿来！

【园林好】〔净众〕嗔怪你会平章的老相公，不刮目破窑中吕蒙。忒做作、前辈们性重。〔笑介〕敢折倒你丈人峰？

〔外〕悔不将劫坟贼监候奏请为是。

【沽美酒】〔生笑介〕你这孔夫子，把公冶长陷缧绁中。我柳盗跖打地洞向鸳鸯家。有日呵，把燮理阴阳问相公，要无语对春风。则待列笙歌画堂中，抢丝鞭御街拦纵。把穷柳毅赔笑在龙宫，你老夫差失敬了韩重。我呵，人雄气雄，老平章深躬浅躬，请状元升东转东。呀，那时节才提破了牡丹亭杜鹃残梦。

老平章请了，我女婿赴宴去也。

北【尾】你险把司天台失陷了文星空，把一个有对付的玉洁冰清烈火烘。咱想有今日呵，越显的俺玩花柳的女郎能，则要你那打桃条的相公懂。〔下〕

〔外吊场〕异哉，异哉！还是贼，还是鬼？堂候官，去请那新黄门陈老爷到来商议。〔丑〕知道了。“谒者有如鬼，状元还似人。”〔下〕〔末扮陈黄门上〕“官运精神老不眠，早朝三下听鸣鞭。多沾圣主随朝米，不受村童学俸钱。”自家陈最良。因奏捷，圣恩可怜，钦授黄门。此皆杜老相公抬举之恩，敬此趣谢。〔丑上见介〕正来相请，少待通报。〔进报见介〕〔外笑介〕可喜，可喜！“昔为陈白屋，今作老黄门。”〔末〕“新恩无报效，旧恨有还魂。”适间老先生三喜临门：一喜官居宰辅，二喜小姐活在人间，三喜女婿中了状元。〔外〕陈先生教的好女学生，成精作怪哩！〔末〕老相公葫芦提认了罢。〔外〕先生差矣！此乃妖孽之事。为大臣的，必须奏闻灭除为是。〔末〕果有此意，容晚生登时奏上取旨何如？〔外〕正合吾意。

〔外〕夜读沧州怪亦听，陆龟蒙
〔末〕可关妖气暗文星。司空图
〔外〕谁人断得人间事？白居易
〔末〕神镜高悬照百灵。殷文圭

第五十四出　闻喜

【绕池游】〔贴上〕露寒清怯，金井吹梧叶，转不断辘轳情劫。

咳，俺小姐为梦见书生，感病而亡，已经三年。老爷与老夫人，时时痛他孤魂无靠。谁知小姐到活活的跟着个穷秀才，寄居钱塘江上。母子重逢。真乃天上人间，怪怪奇奇，何事不有！今日小姐分付安排绣床，温习针指。小姐早来到也。

【绕红楼】〔旦上〕秋过了平分日易斜，恨辞梁燕语周遮。人去空江，身依客舍，无计七香车。

“秋风吹冷破窗纱，夫婿扬州不到家。玉指泪弹江北草，金针闲刺岭南花。”春香，我同柳郎至此，即赴试闱。虎榜未开，扬州兵乱。我星夜赍发柳郎，打听爹娘消息。且喜老萱堂不意而逢，则老相公未知下落。想柳郎刻下可到，料今番榜上高题。须先剪下罗衣，衬其光彩。〔贴〕绣床停当，请自尊裁。〔旦裁衣介〕裁下了，便待缝将起来。〔缝介〕〔贴〕小姐，俺淡口儿闲嗑，你和柳郎梦里、阴司里，两下光景何如？

【罗江怨】〔旦〕春园梦一些，到阴司里有转折。梦中逗的影儿别，阴司较追的情儿切。〔贴〕还魂时像怎的？〔旦〕似梦重醒，猛回头放教跌。〔贴〕阴司可也有好耍子处？〔旦〕一般儿轮回路，驾香车，爱河边题红叶。便则到鬼门关逐夜的望秋月。

【前腔】〔贴〕你风姿恁惹邪，情肠害劣。小姐，你香魂逗出了梦儿蝶，把亲娘肠断了影中蛇。不道燕冢荒斜，再立起鸳鸯舍。则问你会书斋灯怎遮？送情怀酒怎赊？取喜时，也要那破头梢一泡血。

〔旦〕蠢丫头，幽欢之时，彼此如梦，问他则甚！呀，奶奶来的恁忙也！

【玩仙灯】〔老旦慌上〕人语闹吱嚓，听风声，似是女孩儿关节。

儿，听见外厢喧嚷，新科状元是岭南柳梦梅。〔旦〕有这等事！

【前腔】〔净忙走上〕旗影儿走龙蛇，甚宣差，教来近者！

〔见介〕奶奶、小姐，驾上人来。俺看门去也！〔下〕

【入赚】〔外、丑扮军校持黄旗上〕深巷门斜，抓不出状元门第也。这是了。〔敲门介〕〔老旦〕声息儿恁怔忡！把门儿偷瞥。〔启门，校冲开介〕〔老旦〕那衙门来的？〔校〕星飞不迭。你看这旗，看这旗影儿头势别。是黄门官把圣旨教传泄。〔老旦叫介〕儿，原来是传圣旨的。〔旦上〕斗胆相询，金榜何时揭？可有柳梦梅名字高头列？〔校〕他中了状元。〔旦〕真个中了状元？〔校〕则他中状元，急节里遭磨灭。〔旦惊介〕是怎生？〔校〕往淮扬触犯了杜参爷，扭回京把他做劫坟茔的贼决。〔老旦〕我儿，谢天谢地，老爷平安回京了。他那知世间有此重生之事。〔旦〕这却怎了？〔校〕正高吊起猛桃条细抽掣，被官里人抢去游街歇。〔旦〕恰好哩。〔校〕平章他势大，动本了。说劫坟之贼，不可以作状元。〔旦〕状元可也辨一本儿？〔校〕状元也有本。那平章奏他恶茶白赖把阴人窃。那状元呵，他说头带魁罡不受邪。便是万岁爷听了成痴呆。〔旦〕后来？〔校〕侥幸有个陈黄门，是平章爷的故人。奏准，要平章、状元和小姐三人，驾前勘对，方取圣裁。〔老旦〕呀，陈黄门是谁？〔校〕是陈最良，他说南安教授曾官舍。因此杜平章抬举他掌朝班、通御谒。〔老旦〕一发诧异哩。〔校〕便是他着俺们来宣旨。分付你家一更梳洗，二鼓吃饭，三鼓穿衣，四更走动。到得五更三点彻，响玎珰翠佩，那是朝时节。〔旦〕独自个怕人。〔校〕怕则么！平章宰相你亲爷，状元妻妾。俺去了。〔旦〕再说些去。〔校〕明朝金阙，讨你幅撞门红去了也。〔下〕〔旦〕娘，爹爹高升，柳郎高中。小旗儿报捷，又是平安帖。把神天叩谢，神天叩谢。

【滴溜子】〔拜介〕当日的、当日的梅根柳叶，无明路、无明路、曾把游魂再叠。果应梦、花园后折。甫能够迸到头，抢了捷。鬼趣里因缘，人间判贴。

【前腔】〔老旦〕虽则是、虽则是、希奇事业，可甚的、可甚的、惊劳驾帖？他道你、是花妖害怯，看承的柳抱怀做花下劫。你那爹爹呵，没得个符儿再把花神召摄。

【尾声】女儿，紧簪束扬尘舞蹈摇花颊。〔旦〕叫我奏个什么来？

〔老旦〕有了你活人硬证无虚胁。〔旦〕少不的万岁君王听臣妾。

〔净扮郭驼上〕“要问鼋鼍窟，还过乌鹊桥。”两日再寻个钱塘门不着。正好撞着老军，说知夫人下处。抖擞了进去。〔见介〕〔老旦〕你是谁？〔净〕状元家里的老驼，特来恭喜。〔旦〕辛苦，你可见状元么？〔净〕俺往平章府抢下了状元，要夫人去见朝也。

〔老旦〕往事闲征梦欲分，韩　溉
〔旦〕　今晨忽见下天门。张　籍
〔净〕　分明为报精灵辈，僧贯休
　　　　淡扫蛾眉朝至尊。张　祜

第五十五出　圆驾

〔净、丑扮将军持金瓜上〕“日月光天德，山河壮帝居。”万岁爷升朝，在此直殿。

北【点绛唇】〔末上〕宝殿云开，御炉烟霭，乾坤泰。〔回身拜介〕日影金阶，早唱道黄门拜。

〔集唐〕“鸾凤旌旗拂晓陈韦元旦，传闻阙下降丝纶刘长卿。兴王会净妖氛气杜甫，不问苍生问鬼神李商隐。”自家大宋朝新除授一个老黄门陈最良是也。下官原是南安府饱学秀才。因柳梦梅发了杜平章小姐之墓，径往扬州报知。平章念旧，着俺说平李寇，告捷效劳，蒙圣恩钦赐黄门奏事之职。不想平章回朝，恰遇柳生投见。当时拿下，递解临安府监候。却说柳生先曾撺过卷子，中了状元。找寻之间，恰好状元吊在杜府拷问。当被驾前官校人等冲破府门，抢了状元，上马而去，到也罢了。又听的说俺那女学生杜小姐也返魂在京。平章听说女儿成了个色精，一发恼激。央俺题奏一本，为诛除妖贼事。中间劾奏柳梦梅系劫坟之贼，其妖魂托名亡女，不可不诛。杜老先生此奏，却是名正言顺。

随后柳生也奏一本，为辨明心迹事。都奉有圣旨："朕览所奏，幽隐奇特。必须返魂之女，面驾敷陈，取旨定奇。"老夫又恐怕真是杜小姐返魂，私着官校传旨与他。五更朝见。正是："三生石上看来去，万岁台前辨假真。"道犹未了，平章、状元早到。

【前腔】〔外、生幞头、袍、笏同上介〕〔外〕**有恨妆排，无明耽带，真奇怪。**〔生〕**哑谜难猜，今上亲裁划。**

岳丈大人拜揖。〔外〕谁是你岳丈！〔生〕平章老先生拜揖。〔外〕谁和你平章？〔生笑介〕古诗云："梅雪争春未肯降，骚人阁笔费平章。"今日梦梅争辩之时，少不的要老平章阁笔。〔外〕你罪人咬文哩。〔生〕小生何罪？老平章是罪人。〔外〕俺有平李全大功，当得何罪？〔生〕朝廷不知，你那里平的个李全，则平的个"李半"。〔外〕怎生止平的个"李半"？〔生笑介〕你则哄的个杨妈妈退兵，怎哄的全！〔外恼作扯生介〕谁说？和你官里讲去。〔末作慌出见介〕午门之外，谁敢喧哗！〔见介〕原来是杜老先生。这是新状元。放手，放手。〔外放生介〕〔末〕状元何事激恼了老平章？〔外〕他骂俺罪人，俺得何罪？〔生〕你说无罪，便是处分令爱一事，也有三大罪。〔外〕那三罪？〔生〕太守纵女游春，一罪。〔外〕是了。〔生〕女死不奔丧，私建庵观，二罪。〔外〕罢了。〔生〕嫌贫逐婿，刁打钦赐状元，可不三大罪？〔末笑介〕状元以前也罪过些。看下官面分，和了罢。〔生〕黄门大人，与学生有何面分？〔末笑介〕状元不知，尊夫人请俺上学来。〔生〕敢是鬼请先生？〔末〕状元忘旧了。〔生认介〕老黄门可是南安陈斋长？〔末〕惶恐，惶恐。〔生〕呀，先生，俺于你分上不薄，如何妄报俺为贼？做门馆报事不真；则怕做了黄门，也奏事不以实。〔末笑〕今日奏事实了。远望尊夫人将到，二公先行叩头礼，〔内唱礼介〕奏事官齐班。〔外、生同进叩头介〕〔外〕臣杜宝见。〔生〕臣柳梦梅见。〔末〕平身。〔外、生立左右介〕〔旦上〕“丽娘本是泉下女，重瞻天日向丹墀。”

黄钟北【醉花阴】平铺着金殿琉璃翠鸳瓦，响鸣梢半天儿刮刺。〔净、丑喝介〕甚的妇人冲上御阶？拿了！〔旦惊介〕似这般狰狞汉，叫喳喳。在阎浮殿见了些青面獠牙，也不似今番怕。〔末〕前面来的是女学生杜小姐么？〔旦〕来的黄门官像陈教授，叫他一声：“陈师父，陈师父！”〔末应介〕是也。〔旦〕陈师父喜哩！〔末〕学生，你做鬼，怕不惊驾？〔旦〕噤声。再休提探花鬼乔作衙，则说状元妻来面驾。

〔净、丑下〕〔内〕奏事人扬尘舞蹈。〔旦作舞蹈、呼“万岁，万岁”介〕〔内〕平身。〔旦起〕〔内〕听旨：杜丽娘是真是假，就着伊父杜宝，状元柳梦梅，出班识认。〔生觑旦作悲介〕俺的丽娘妻也。〔外觑旦，作恼介〕鬼乜些真个一模二样，大胆，大胆！〔作回身跪奏介〕臣杜宝谨奏：臣女亡已三年，此女酷似，此必花妖狐媚，假托而成。俺王听启：

南【画眉序】臣女没年多，道理阴阳岂重活？愿吾皇向金阶一打，立见妖魔。〔生作泣〕好狠心的父亲！〔跪奏介〕他做五雷般严父的规模，则待要一下里把声名煞抹。〔起介〕〔合〕便阎罗包老难弹破，除取旨前来撒和。

〔内〕听旨：朕闻人行有影，鬼形怕镜。定时台上有秦朝照胆镜。黄门官，可同杜丽娘照镜。看花阴之下，有无踪影回奏。〔末应，同旦对镜介〕女学生是人是鬼？

北【喜迁莺】〔旦〕人和鬼教怎生酬答？形和影现托着面菱花〔末〕镜无改面，委系人身。再向花街取影而奏。〔行看影介〕〔旦〕波查。花阴这答，一般儿莲步回莺印浅沙。〔末奏〕杜丽娘有踪有影，的系人身。〔内〕听旨：丽娘既系人身，可将前亡后化事情奏上。〔旦〕万岁！臣妾二八年华，自画春容一幅。曾于柳外梅边，梦见这生。妾因感病而亡。葬于后园梅树之下。后来果有这生，姓柳名梦梅，拾取春容，朝夕挂念。臣妾因此出现成亲。〔悲介〕哎哟，凄惶煞！这底是前亡后化，抵多少阴错阳差。

〔内〕听旨：柳状元质证，丽娘所言真假？因何预名梦梅？〔生打躬呼"万岁"介〕

南【画眉序】臣南海乏丝萝，梦向娇姿折梅萼。果登程取试，养病南柯。因借居南安府红梅院中，游其后苑，拾得丽娘春容。因而感此真魂，成其人道。〔外跪介〕此人欺诳陛下，兼且点污臣之女也。论臣女呵，便死葬向水口廉贞，肯和生人做山头撮合！

〔合〕便阎罗包老难弹破，除取旨前来撒和。〔内〕听旨：朕闻有云："不待父母之命，媒妁之言，则国人父母皆贱之。"杜丽娘自媒自婚，有何主见？〔旦泣介〕万岁！臣妾受了柳梦梅再活之恩。

北【出队子】真乃是无媒而嫁。〔外〕谁保亲？〔旦〕保亲的是母丧门。〔外〕送亲的？〔旦〕送亲的是女夜叉。〔外〕这等胡为！〔生〕这是阴阳配合正理。〔外〕正理，正理！花你那蛮儿一点红嘴哩！〔生〕老平章，你骂俺岭南人吃槟榔，其实柳梦梅唇红齿白。〔旦〕噤声。眼前活立着个女孩儿，亲爷不认。到做鬼三年，有个柳梦梅认亲。则你这辣生生回阳附子较争些，为什么翠呆呆下气的槟榔俊煞了他？爹爹，你不认呵，有娘在。〔指鬼门〕现放着实丕丕贝母开谈亲阿妈。

〔老旦上〕多早晚女儿还在面驾。老身踹入正阳门叫冤去也。〔进见跪伏介〕万岁爷，杜平章妻一品夫人甄氏见驾。〔外、末惊介〕那里来的？真个是俺夫人哩。〔外跪介〕臣杜宝启，臣妻已死扬州乱贼之手，臣已奏请恩旨褒封。此必妖鬼捏作母子一路，白日欺天。〔起介〕〔生〕这个婆婆，是不曾认的他。〔内〕听旨：甄氏既死于贼手，何得临安母子同居？〔老旦〕万岁！〔起介〕

南【滴溜子】〔老旦〕扬州路、扬州路、遭兵劫夺，只得向、只得向、长安住托。不想到钱塘夜过，黑撞着丽娘儿魂似脱。少不的子母肝肠，死同生活。

〔内〕听甄氏所奏，其女重生无疑。则他阴司三载，多有因果之事。假如前辈做君王臣宰不臻的，可有的发付他？从直奏来。〔旦〕这话不题罢了，提起都有。〔末〕女学生，“子不语怪”。比如阳世府部州县，尚然磨刷卷宗，他那里有甚会案处！

北【刮地风】〔旦〕呀，那阴司一桩桩文簿查，使不着你猾律拿喳。是君王有半副迎魂驾，臣和宰玉锁金枷。〔末〕女学生，没对证。似这般说，秦桧老太师在阴司里可受的？〔旦〕也知道些。说他的受用呵，那秦太师他一进门，忒楞楞的黑心锤敢捣了千下，淅另另的紫筋肝剐作三花。〔众惊介〕为甚剐作三花？〔旦〕道他一花儿为大宋，一花为金朝，一花儿为长舌妻。〔末〕这等长舌夫人有何受用？〔旦〕若说秦夫人的受用，一到了阴司，挦去了凤冠霞帔，赤体精光。跳出个牛头夜叉，只一对七八寸长指弧儿，轻轻的把那撇道儿搯，长舌揸。〔末〕为甚？〔旦〕听的是东窗事发。〔外〕鬼话也。且问你，鬼乜邪，人间私奔，自有条法。阴司可有？〔旦〕有的是。柳梦梅七十条，爹爹发落过了，女儿阴司收赎。桃条打，罪名加，做尊官勾管了帘下。则道是没真场风流罪过些。有什么饶不过这娇滴滴的女孩家。

〔内〕听旨：朕细听杜丽娘所奏，重生无疑。就着黄门官押送午门外，父子夫妻相认，归第成亲。〔众呼"万岁"行介〕〔老旦〕恭喜相公高转了。〔外〕怎想夫人无恙！〔旦哭介〕我的爹呵！〔外不理介〕青天白日，小鬼头远些，远些！陈先生，如今连柳梦梅俺也疑将起来，则怕也是个鬼。〔末笑介〕是踢斗鬼。〔老旦喜介〕今日见了状元女婿，女儿再生，二十分喜也。状元，先认了你丈母罢。〔生揖介〕丈母光临，做女婿的有失迎待，罪之重也。〔旦〕官人恭喜，贺喜。〔生〕谁报你来？〔旦〕到得陈师父传旨来。〔生〕受你老子的气也。〔末〕状元，认了丈人翁罢。〔生〕则认的十地阎君为岳丈。〔末〕状元，听俺分劝一言。

南【滴滴金】你夫妻赶着了轮回磨，便君王使的个随风柁，那平章怕不做赔钱货。到不如娘共女，翁和婿，明交割。〔生〕老黄门，俺是个贼犯。〔末笑介〕你得便宜人，偏会撒科。则道你偷天把桂影那，不争多先偷了地窟里花枝朵。

〔旦叹介〕陈师父，你不教俺后花园游去，怎看上这攀桂客来？

〔外〕鬼乜邪，怕没门当户对，看上柳梦梅什么来！

北【四门子】〔旦笑介〕是看上他戴乌纱象简朝衣挂，笑、笑、笑，笑的来眼媚花。爹娘，人间白日里高结彩楼，招不出个官婿。你女儿睡梦里、鬼窟里选着个状元郎，还说门当户对！则你个杜杜陵惯把女孩儿吓，那柳柳州他可也门户风华。爹爹，认了女孩儿罢。〔外〕离异了柳梦梅，回去认你。〔旦〕叫俺回杜家，赸了柳衙。便作你杜鹃花，也叫不转子规红泪洒。〔哭介〕哎哟，见了俺前生的爹，即世嬷，颠不剌俏魂灵立化。

〔旦作闷倒介〕〔外惊介〕俺的丽娘儿！〔末作望介〕怎那老道姑来也？连春香也活在？好笑，好笑！我在贼营里瞧甚来？

南【鲍老催】〔净扮石姑同贴上〕官前定夺，官前定夺。〔打望介〕原来一众官员此。怎的起状元、小姐嘴骨都站一边？〔净〕眼见他乔公案断的错，听了那乔教学的嘴儿嗑。〔末〕春香紧弟也来了。这姑姑是贼。〔净〕啐，陈教化，谁是贼？你报老夫人死哩，春香死哩！做的个纸棺材，舌锹拨。〔向生介〕柳相公喜也。〔生〕姑姑喜也。这丫头那里见俺来？〔贴〕你和小姐牡丹亭做梦时有俺在。〔生〕好活人活证。〔净、贴〕鬼团圆不想到真和合，鬼揶揄不想做人生活。老相公，你便是鬼三台，费评跋。〔净、贴并下〕

〔末〕朝门之下，人钦鬼伏之所，谁敢不从！少不得小姐劝状元认了平章，成其大事。〔旦作笑劝生介〕柳郎，拜了丈人罢！〔生不伏介〕

北【水仙子】〔旦〕呀呀呀，你好差。〔扯生手、按生肩介〕好好好，点着你玉带腰身把玉手叉。〔生〕几百个桃条！〔旦〕拜、拜、拜，拜荆条曾下马。〔扯外介〕〔旦〕扯、扯、扯，做泰山倒了架。〔指生介〕他、他、他，点黄钱聘了咱。俺、俺、俺，逗寒食吃了他茶。〔指末介〕你、你、你，待求官、报信则把口皮喳。〔指生介〕是是是，是他开棺见椁湔除罢。〔指外介〕爹爹爹，你可也骂够了咱这鬼乜邪。

〔丑扮韩子才冠带捧诏上〕圣旨已到，跪听宣读。"据奏奇异，敕赐团圆。平章杜宝，进阶一品。妻甄氏，封淮阴郡夫人。状元柳梦梅，除授翰林院学士。妻杜丽娘，封阳和县君。就着鸿胪官韩子才送归宅院。"叩头谢恩。〔丑见介〕状元恭喜了。〔生〕呀，是韩子才兄。何以得此？〔丑〕自别了尊兄，蒙本府起送先儒之后，到京考中鸿胪之职，故此得会。〔生〕一发奇异了。〔末〕原来韩老先也是旧朋友。〔行介〕

南【双声子】〔众〕姻缘诧，姻缘诧，阴人梦黄泉下。福分大，福分大，周堂内是这朝门下。齐见驾，齐见驾，真喜洽，真喜洽。领阳间诰敕，去阴司销假。

北【尾】〔生〕从今后把牡丹亭梦影双描画。〔旦〕亏杀你南枝挨暖俺北枝花。则普天下做鬼的有情谁似咱！

杜陵寒食草青青，韦应物
羯鼓声高众乐停。李商隐
更恨香魂不相遇，郑琼罗
春肠遥断牡丹亭。白居易

千愁万恨过花时，僧无则
人去人来酒一卮。元　稹
唱尽新词欢不见，刘禹锡
数声啼鸟上花枝。韦　庄

附录一　汤显祖传

汤显祖，字若士，临川人。少善属文，有时名。张居正欲其子及第，罗海内名士以张之，闻显祖及沈懋学名，命诸子延致。显祖谢弗往，懋学遂与居正子嗣修偕及第。显祖至万历十一年，始成进士。授南京太常博士，就迁礼部主事。十八年，帝以星变，严责言官欺蔽，并停俸一年。显祖上言曰："言官岂尽不肖？盖陛下威福之柄，潜为辅臣所窃，故言官向背之情，亦为默移。御史丁此吕，首发科场欺蔽，申时行属杨巍劾去之。御史万国钦，极论封疆欺蔽，时行讽同官许国远谪之一。一言相侵，无不出之于外。于是无耻之徒，但知自结于执政，所得爵禄，直以为执政与之。纵他日不保身名，而今日固已富贵矣。给事中杨文举，奉诏理荒政，征贿钜万。抵杭，日宴西湖，鬻狱市荐以渔厚利。辅臣乃及其报命，擢首谏垣。给事中胡汝宁，攻击饶伸，不过权门鹰犬，以其私人猥见任用。夫陛下方责言官欺蔽，而辅臣欺蔽自如。失今不治，臣谓陛下可惜者四：朝廷以爵禄植善类，今直为私门蔓桃李，是爵禄可惜也。群臣风靡，罔识廉耻，是人才可惜也。辅臣不越例，予人富贵不见为恩，是成宪可惜也。陛下御天下二十年，前十年之政，张居正刚而多欲，以群私人嚣然坏之；后十年之政，时行柔而多欲，以群私人靡然坏之。此圣政可惜也。乞立斥文举、汝宁、诫谕辅臣省愆悔过。"帝怒，谪徐闻典史。稍迁遂昌知县。二十六年，上计京师，投劾归。又明年大计，主者议黜之。李维祯为监司，力争不得，竟夺官。家居二十年卒。显祖意气慷慨，善李化龙、李三才、梅国祯，后皆通显，有建竖，而显祖蹭蹬穷老。三才督漕淮上，遣书迎之，谢不往。显祖建言之明年，福建佥事李琯，奉表入都，列时行十罪，语侵王锡爵。言惟锡爵敢恣睢，故时行益贪戾，请并斥以谢天下。帝怒，削其籍。甫两月，时行亦罢。琯，丰城人，万历五年进士，尝官御史。既斥归，家居三十年而卒。显祖子开远，自有传。

（引自《明史》卷二三〇，暖红室刊王思任评校本《玉茗堂还魂记》卷首）

附录二　玉茗先生传

汤显祖，字义仍，一字若士，江西临川人。生嘉靖二十九年庚戌，有文在手。年二十一，举于乡，忤陈继儒，遂以媒蘖下第。万历五年，再赴会试，张居正欲其子及第，罗致海内名士以张之，延显祖及沈懋学。显祖谢弗往，懋学乃与居正子嗣修偕及第。显祖归六年，迨居正殁之明年癸未，始成进士，与时宰张四维、申时行之子为同年。二相招致之，又不往。除南京太常博士，久之，稍迁祠部。朝右慕其才，将征为吏部郎，上书辞免。十九年闰三月，以彗星变，诏责谏官欺蔽，大开言路。显祖抗疏，论劾政府信私人，阴扼台谏，语伉直数千言，谪徐闻典史。至任日，立贵生书院讲学，士习顿移。升遂昌知县，灭虎放囚，诚信及物，翕然称循吏。二十六年戊戌，投劾归，不复出。辛丑外计，追论议黜之。李维祯为监司，力争曰：“此君高尚久矣，不应考法。”主计者曰：“正欲成其高耳。”竟削籍。里居二十余年，父母丧时，显祖已六十七龄。

明年，以哀毁卒，遗命以麻衣草屦敛。显祖志意激昂，风节遒劲，平生以天下为己任。因执政所抑，遂穷毒而殁，天下惜之。所善同邑帅机及李三才、梅国祯、李化龙，后皆通显，各有建竖。三才督漕淮上，招之，答曰："身与公等比肩事主，老而为客，所不能也。"论文以本朝宋濂为宗，李梦阳、王世贞气焰虽盛，皆斥之为伪体。当雾雺充塞之时，能排击历下者，只显祖与归有光二人而已。所居玉茗堂，文史狼藉，鸡埘豕圈，杂沓庭户，萧闲咏歌，俯仰自得。胸中魁垒，发为词曲，所著《四梦》，虽流连风怀，感激物态，要于洗荡情尘，销归乌有，作达观空，亦可悲矣！子四人，士蘧五龄能背诵《三都》《二京》，年二十三死。次大耆，才致有父风。次开远，崇祯五年，由乡举为河南推官，奏论时事，屡膺上怒，责令指实，开远抗论不少屈。上命削职逮治，左良玉率将士七十余人、士民数百人，合奏乞留。上为动容，命带罪办贼。十年，讨平舞阳大盗，以功擢安庐三郡监军。史可法荐其治行卓异，晋秩副使。十三年，与黄得功大破诸贼，将用为河南巡抚，竟以劳瘁卒，哭声震郊野，赠太仆少卿。弟季云，亦有隽才云。

（引自清蒋士铨《临川梦》，暖红室刊王思任评校本《玉茗堂还魂记》卷首）